PHILIPP GRÖNENBACHER

Geocaching-Kids
ALLGÄU

ZWEITER FALL:
KILROY WAS HERE!

Impressum:
Herstellung und Verlag: BoD - Books on Demand, Norderstedt
ISBN Nr: 9783744818179

Inhaltsverzeichnis:

Der zweite Fall beginnt

Es war immer noch Hochsommer und unsere Freunde, die Geocaching-Kids ALLGÄU waren heute Nachmittag beim Schwimmen im Baggersee.

Ambrosius Lehrmann, der mit Spitznamen „Hippie" hieß, weil er auch so aussah, fuhr mit dem ausgebauten Wohnmobil Richtung Baggersee. Die Kids und er hatten vereinbart, dass er sie um 17 Uhr abholen sollte.

Pünktlich waren Ambrosius zur Stelle.

Mac, der Anführer der Geocaching Kids, horchte auf! Er hatte gerade eine neue E-Mail bekommen. Im gemeinsamen Geocaching-Account war es so eingestellt worden, dass er sogleich eine Mail erhielt, wenn ein neuer Cache in der „Homezone" gelegt worden war. Die Homezone hatten sie so festgelegt, dass sie mit dem Fahrrad oder auch mit Ambrosius´ Wohnmobil stressfrei erreicht werden konnte.

Mac, der eigentlich Anton Schuster heißt, aber wegen seiner Vorliebe für MacGyver, nur Mac genannt wurde, schaute auf sein Handy. Er hatte ein Windows Phone, welches zum Glück nur einmal am Tag aufgeladen werden musste und das geschah in der Nacht.

„Jepp! Ein neuer Cache in unserer Homezone! Und nur 1 km von hier entfernt!" sagte er freudig zu Anna, einem der beiden Zwillingsschwestern, die in ihrem Team waren.

„Wo denn genau?" fragte Anna danach.

„Geduld, meine Schöne, ich suche noch."

Anna nickte und lief zu den anderen Freunden, damit sie sich fertig machten. Sie sonnten sich, dadurch war es möglich, relativ schnell aufzubrechen.

Da Ambrosius just in dem Moment vorfuhr, liefen alle sechs Freunde auf das Wohnmobil ihres „Chauffeurs" zu.

„Alter Schwede, du kommst gerade zur rechten Zeit", meinte Mac und strahlte über das ganze Gesicht.

Ambrosius schaltete sofort. „Frisch gelegter Cache, richtig?"

„Jepp!" meinte der weiterhin grinsende Mac darauf.

„Ok, hast du schon die Koordinaten ermittelt?" fragte Ambrosius weiter.

„Klaro, alter Hippie."

Dabei hielt er das Etrex aus dem rechten Seitenfenster, da einerseits der Empfang im ausgebauten Wohnmobil nicht so berauschend war und andererseits aus Rücksicht auf Hannah, die unter einer Elektrosensibilität litt. Hannah hatte ihnen schon angeboten, in besonders schwierigen Fällen zuhause zu bleiben, da die Freunde dann auch ihre Handys im Wohnmobil anlassen könnten. Aus Rücksicht auf Hannahs Beeinträchtigung, schalteten sie diese während der Fahrten immer auf „Flugzeugmodus". Zwischendurch schaltete der Beifahrer sein Handy immer wieder auf Empfang, hielt dabei aber seinen rechten Arm aus dem Fenster, sodass Hannah von den Strahlungen verschont blieb.

„Fünfhundert Meter weiter rechts, dort ist ne Bushaltestelle. Halt da mal an, Ambrosius", meinte Mac aufgeregt. Das wär doch was! Einen FTF zu platzieren! FTF bedeutet: „First time found", also erster Finder des neuen Caches. Um so einen FTF wird reichlich Aufwand betrieben. Jeder will halt gerne der Erste sein, der sich im neuen Logbuch verewigen kann.

Ambrosius stoppte das Wohnmobil neben der Bushaltestelle.

Mac und Schalie, der immer einen blauen Seidenschal trägt und deshalb seinen Spitznamen doppeldeutiger Weise trägt, da er auch Karl, also Charlie heißt, stiegen als Erste aus dem Womo aus.

Ich probier mal den Deckel zu heben, der das Schild oben abschließt. Es ist nur ein D2, also ein leichter Cache, sozusagen.

Mac, der größte der Freunde mit seinen 184 cm, streckte sich und kam gerade so an den Gummideckel oberhalb des Schildes dran.

„Bingo! Er löst sich!" rief er freudig.

Tatsächlich war er so umfunktioniert worden, dass an dem Deckel eine Kette befestigt war und daran hing ein wasserfestes, schlankes Gefäß zum Zudrehen. Sie hatten den Cache gefunden! Innen waren ein Logbuch zum Eintragen und ein Bleistift, falls man keinen eigenen Kugelschreiber dabei hatte.

Schalie war der Schnellste und drehte das Behältnis auf. Er blätterte im Logbuch und sein freudiges Gesicht wurde zu einer traurigen Fassade.

„Mist! Wir sind nur Zweiter..."

Immer noch geknickt, trug Mac jetzt die Freunde ins Logbuch ein mit der Ergänzung: STF, also „second time found", als Zweiter den Cache gefunden, sozusagen die „Silbermedaille".

„Wer war denn dieser superschnelle Cacher?" fragte Anna.

„Da ist ein Bild gemalt, von so nem Glatzkopf, der über ne Mauer schaut und einen riesigen Zinken hat und drunter steht: „Kilroywashere - Now"

„Kilroy was here?" meinte Ambrosius, der den letzten Teil mitgehört hatte.

„Das erinnert mich aber stark an meine Jugend, Leute."

Im zweiten Weltkrieg gab es da mal ne Geschichte, ich überlege gerade, wie die noch ging..."

„Lass mal sein, Hippie", meinte Mac ganz cool...

„Ich google schnell mal..."

„Bingo! Da haben wir es ja schon..."

Mac war bei Wikipedia fündig geworden. Er las den Freunden den Eintrag vor. Außerdem wurde der Name auch für andere Dinge immer wieder benutzt und vor allem pfiffige Schlitzohren und Diebe hatten das Synonym immer wieder benutzt...

„Ja, ich hab da was Geiles für euch", meinte der alte Hippie, ging zu seinem Wohnmobil und legte eine der unzähligen CDs in den CD Wechsler, den er zusätzlich zu dem USB Stick auch noch im Auto hatte.

Plötzlich dröhnte ein Hippie Stück aus den Autoboxen. Der Refrain hieß: „Kilroy was here".

Das ist von einer meiner Lieblingsgruppen aus den 60er Jahren: „The Move". Später gründeten Roy Wood und Jeff Lynne das „Electric Light Orchestra" und Roy Wood danach die Band „Wizzard". „Coole Mukke, Leute!"

Dabei geriet er richtig ins Schwärmen!

Die Freunde schüttelten nur den Kopf. Diese Art von Musik kannten sie nicht!

„Dafür habt ihr ja mich, als Oldie-Experten, sozusagen..." Ambrosius grinste süffisant danach.

„Und was soll uns diese „Beat-Musik" jetzt sagen?" fragte Anna.

„Nun, ich wollte euch nur damit vermitteln, dass „Kilroy" schon lange herumgeistert und nie jemand sah, wer er den nun wirklich ist."

„Heißt das..." hakte Schalie nach, „dass uns hier jemand ärgern will oder einfach nur schneller als die anderen Cacher sein möchte?"

„Vielleicht..." meinte Hannah und zuckte mit den Achseln.

„Er nennt sich ja: „Kilroy was here – Now", also „nun".

„Vielleicht waren alle anderen „Kilroy"-Namen schon vergeben, wer weiß..."

„Ich schau kurz nach, meinte Riegel, der dritte Junge in der Freundesgruppe. Er mampfte ständig Müsli-Riegel und hatte daher seinen Spitznamen bekommen.

„Klarer Fall! Die Amis haben den Namen schon mehrfach in verschiedenen Varianten drin. Ich schau mal nach „kilroywasherenow". Oh, es gibt ihn in Deutschland tatsächlich. Er ist seit gestern erst angemeldet!"

„Hört, hört!" ließ Ambrosius seine tiefe Männerstimme erschallen.

„Wie viele Caches hat er denn schon gemacht?" hakte Mac nach.

„Alter, dass gibt´s doch gar nicht! Das war scheinbar sein erster Cache, er hat noch keinen geloggt. Und dann gleich einen „FTF". Schwein muss man haben..." Riegel nickte dabei anerkennend.

„Wenn das kein Zufall ist, steckt mehr dahinter. Der Cache kam als Mail um 16:58 Uhr bei uns an und wir fanden ihn um 17:13 Uhr. Sehr ungewöhnlich, dass wir nur die Zweiten waren..."

„Behalten wir den Burschen mal im Auge, sozusagen", meinte Ambrosius, nahm seine getönte Sonnenbrille ab und zwinkerte den Freunden verräterisch zu.

„Wo wohnt er denn?" fragte jetzt Jo, die kleine Schwester von Mac.

„Er hat genau wie wir Mindelheim als Wohnort eingegeben."

Als Riegel das gesagt hatte, grinste er plötzlich und hob den Arm, wie Wickie in der Zeichentrickserie.

„Ich hab´s!“

Alle schauten ihn an.

„Wir wollten doch einen leichten Cache hier in der Nähe legen. Wie wäre es, den heute zu Ende auszutüfteln und ihn dann sofort zu legen und dann mal zu schauen, wer sich alles dort am Anfang verewigt. Wenn es gut geht, wissen wir dann, wer dieser „Kilroy“ ist.“

„Meinst du nicht, dass sich das nach Verschwörungstheorie anhört?“ fragte Ambrosius. „Das ist doch mein Hobby...“

„Wir könnten ihn bei unserem Opa an der Grundstücksgrenze legen, da hab ich ne Webcam letzte Woche installiert, weil immer wieder einige Sträucher angefressen wurden. Opa wollte wissen, welche Tiere das tun.“

„Prima! Da können wir zwei Fliegen mit einer Klappe schlagen. Die Kamera ist so weit weg, dass man keine Details sehen kann, „ meinte Jo, die die Kamera mit installiert hatte.

Die Freunde machten sich sofort an die Arbeit, nachdem Pfiffikus es sich nicht nehmen lassen konnte, den STF sofort auf der Geocaching-Seite zu loggen. Er war sehr schnell, aber „Kilroy“ war plötzlich schon als Erster geloggt.

„Das gibt´s doch nicht! Vor ein paar Minuten war dieser „Kilroy“ noch nicht geloggt und jetzt steht er doch drin – vor uns!“

„Hat er halt mit seinem Handy mobil gemacht“, meinte Jo und zuckte mit den Schultern.

„Oder... Er wohnt hier in der Nähe und hat es von Hause aus getätigt...“

„Wer weiß... Lasst uns unseren Cache legen...“ meinte Mac und die Freunde gingen zum Wohnmobil, um in Richtung Opa´s Grundstück zu fahren.

Den ganzen Abend tüftelten sie bis 21 Uhr an ihrem eigenen Cache herum.

Es war ein Vogelkasten, der auf dem Zaum von Opa´s Grundstück stand. Dort war ein Kästchen innen geschickt deponiert, welches geöffnet werden musste, um dann den Fragenzettel zu finden, der knifflige Fragen enthielt, die aber online mit etwas „um die Ecke denken“, gelöst werden konnten.

„Findet ihr die Fragen nicht zu schwer?“ fragte Ambrosius die Freunde, als diese ihm sie vorgelesen hatten.

„Von den zwanzig Fragen kann ich gerade einmal drei lösen. Die Cacher sind nicht alle so jung wie ihr, Freunde. Wählt lieber eine Mischung an Fragen aus allen Jahrzehnten, ok?“

Die Freunde überlegten und waren einverstanden!

Der eigene Cache wird gelegt

Nach etwa einer Stunde, es dämmerte schon, hatten sie die Fragen fertig. Vom Schwierigkeitsgrad einigten sie sich auf D3, also „mittelschwer", wie es Ambrosius nannte.

„Ich lese die Fragen noch einmal vor und ihr nennt die Antworten, ok?" meinte Riegel dann.

„Gut. Fang an..."

Riegel räusperte sich, nahm einen neuen Müsli-Riegel, biss hinein und sagte mit schmatzendem Mund:

Frage 1: Welcher Batman Darsteller war Gast in einer Nerd Sitcom? Gesucht ist Vor- und Nachname. Addierung der Buchstaben.

Frage 2: In welcher MacGyver Folge spielt er nur eine Nebenrolle? Addierung der Buchstaben des Titels der deutschen Folge.

Frage 3: Welcher weltberühmte Musiker war früher LKW Fahrer? Gesucht ist sein Vorname. Addierung der Buchstaben.

Frage 4: Von welcher weltberühmten Band wurden wegen eines Satzes viele Schallplatten verbrannt? Addierung der Buchstaben.

Frage 5: Wie ist der Vorname des Bruders eines berühmten Engländers, der brillant im Tüfteln war? Addierung der Buchstaben.

Frage 6: Gesucht wird ein „Filmstar", der in einer berühmten Filmreihe vorkam und nicht menschlich ist und die Zahl 7 in seinem Namen hat und ein seltenes Sammlerstück ist. Gesucht wird der erste Teil des Namens. Addierung der Buchstaben.

Frage 7: Welcher berühmte Rocksänger hat als kleine Rolle in einem berühmten Science Fiction Film mitgespielt? Vorname gesucht. Addierung der Buchstaben auch hier.

Frage 8: Wie wurde der Name des berühmtesten Polizisten Duos der 70er Jahre in einem deutschen Satire Comic genannt? Gesucht ist die Anzahl der Buchstaben beider Namen als Addition.

Frage 9: Welches Fahrrad hat den gleichen Namen wie eine berühmte Serie der 60er Jahre? Addierung der Buchstaben.

Frage 10: Er ist durch eine Zeitreise Serie berühmt geworden und durfte dann an Bord gehen. Wie heißt sein Hund? Addierung der Buchstaben bitte.

Frage 11: Ein Comic Bösewicht, der aber trotzdem viele Fans hat, trug früher ein Holzbein. Addierung Vor- und Zuname.

Frage 12: Ein tierischer Held, der alle Rekorde im Springen brechen kann? Addierung des Namens gesucht.

Frage 13: Wem wurde eine Pfeife zum Verhängnis? Gesucht ist der Nachname aus dem berühmten Buch. Addierung der Buchstaben.

Frage 14: Welche „Nachtarbeiter" haben im Märchen keinen Bock mehr auf Arbeit, nachdem sie sabotiert wurden? Gesucht ist der Begriff als Addierung.

Frage 15: Scherzfrage: Beim Floh ist es groß, aber beim Elefanten klein. Was wird gesucht?

Frage 16: Gesucht ist ein Vorname, der in der Karl May Literatur eine andere Bedeutung hat? Addierung der Buchstaben.

Frage 17: Balduin Bienlein hat als reales Vorbild wen? Gesucht wird Vor und Zuname des Mannes in Addition.

Frage 18: Superkräfte haben nicht nur Superstars in Comics. Auch eine vierköpfige Truppe kam zu Superheldenehre in Comicform in den 70ern. Vorname der Katze? Als Addition.

Frage 19: Wie viele Romane veröffentlichte ein weltberühmter Autor im 19. Jahrhundert?

Frage 20: Die Schwester deines Onkels ist nicht deine Tante, sondern deine...? Addierung der Buchstaben auch hier.

„Leute, das ist ehrlich gesagt eher ein D5er und kein D3er, oder was meint ihr?"

„Die Cacher suchen sich'n Wolf, wenn wir 3er schreiben und die Flucherei hört man dann bestimmt bis in Opa's Wohnhaus", meinte Jo und zwinkerte danach.

OK, also ein 5er. Das lockt „Kilroy" bestimmt an, oder?"

„Hähä, sollen wir ihn „Kilroy" löst den Cache nicht" nennen?" fragte Schalie und grinste.

„Neee, nicht so auffällig, vielleicht: „Kilroy was not here" oder so..."

„Nein, dann weiß er, dass wir es auf ihn abgesehen haben..."

„Genau: Nennen wir ihn doch: „Warum einfach, wenn es auch schwer geht...“ sagte Ambrosius unvermittelt in die Gruppe.

„Saugut! Voll geil! Das ist der Renner!“ Riegel kriegte sich gar nicht mehr ein vor Freude!

So, da es ein 5er werden soll, müssen wir auch zuerst ein Quiz machen, welches die Cacher zum Vogelhaus locken, oder?

„Prima, da bin ich dann mal gespannt, wer den FTF hier macht...“ meinte Mac und grinste bis über beide Ohren.

Sie tüftelten noch weitere 40 Minuten und dann standen auch die ersten Fragen fest:

Frage 1: Wie schwer ist „Herr Krebs“? Addierung der Zahlen.

Frage 2: Wie heißt die Kult Nerd Serie der 60er Jahre? Addierung der Buchstaben der Serie gesucht.

Frage 3: Welche Kult Serie hat einen Ableger, der sie bei Jugendfällen zeigt? Gesucht sind alle drei Namen der Serie in der Addierung.

Frage 4: Gesucht ist der Name des Leiters eines Parks, in dem Skelette nachts lebendig werden, aus einer Jugendserie? Vor und Zuname in der Addierung.

Frage 5: Wie hieß Tim früher mit Spitznamen? (KULTSERIE (Hörspiele und Bücher) für Nicht-Erwachsene). Addierung des Spitznamens.

Frage 6: Der Sänger des Liedes „Ooh Baby“ heißt mit Nachnamen.... Gesucht ist aber ein Zwillingspärchen, das auch so heißt. Beide Vornamen in der Addition.

Frage 7:Der mittlere Name eines Künstlers wird gesucht, der auch Frauen in extrem abstrakter Weise gemalt hat? Addierung der Buchstaben.

Frage 8: Gesucht wird eine Comic-Serie der 50er Jahre. Wie viele Hefte davon landeten auf dem Index?

Frage 9: Ein adliger Engländer, der lange Zeit nichts davon wusste, in einer Abenteuerserie, die KULTSTATUS hat? Addierung des Seriennamens.

Frage 10: Es hat nichts mit Süßigkeiten zu tun, sondern ist äußerst hilfreich - besonders auf vielbefahrenen Straßen. Der gesuchte englische Name ist auch ein Titel einer sehr bekannten Glamrock-Band aus Anfangszeiten. Gesucht werden zwei Worte in der Addition.

„Boah! Sau schwer, deine Fragen, Ambrosius", meinte Mac anerkennend. „Hast du das alles im Gedächtnis?"

Der Angesprochene nickte nur und meinte dann nach einer kurzen Pause: „ In der Tat, Mac, in der Tat!"

Sie formulierten ihre Formel so, dass die Koordinaten genau zum Vogelhäuschen deuteten. Fairerweise bauten sie auch gleich einen GeoChecker ein, damit sie nicht von hunderten von Cachern angemailt würden, die Fragen zum Cache haben. Ein Zählwerk wurde auch eingebaut, um zu schauen, aus welchen Ländern denn ihr Cache besucht wurde.

In der Nacht wurde er zur Kontrolle versendet und am nächsten Abend gegen 19 Uhr gab es grünes Licht. Der Cache war geprüft worden und danach freigeschaltet. Die Geocaching-Kids ALLGÄU hatten ab 19 Uhr ihre Webcam schon so positioniert, dass sie sehen konnten, wer denn da kommen würde. Nun, die ersten 10 Fragen könnte man relativ leicht lösen, wenn man wusste, wo man gezielt suchen sollte im Internet. Hatte man das Vogelhäuschen erreicht, kamen die zwanzig schweren Fragen an die Reihe. Diese Koordinaten führten dann zu einem hohen Baum, der auf 7 Meter Höhe ein weiteres Vogelhäuschen beherbergte, in dem letztendlich der Cache zu finden war. Den Baum konnte man bequem mit einer Ausziehleiter ersteigen oder aber, wenn man gelenkig war, auch mühsam hochklettern, wobei der unterste Ast auf 2 Meter Höhe war, sodass ein Fahrradsattel oder eine Räuberleiter vonnöten war, denn so hoch konnte wohl kaum einer springen.

Sie wechselten sich in der Nacht ab. Alle zwei Stunden hielt ein anderer Wache vor dem Monitor. Bis morgens um acht Uhr war niemand zu sehen gewesen. Der Cache war scheinbar doch schwerer, als vermutet.

Mac und Schalie gingen daraufhin noch einmal die etwa 1000 Meter bis zu ihrem Zielbaum und wollten das Final noch einmal überprüfen. Schalie machte eine Räuberleiter und Mac kletterte geschickt wie ein Wiesel nach oben. Im Vogelhäuschen, das von unten nicht zu sehen war, holte er die Finaldose hervor. Sie hatten auch etwas zum Tauschen hineingelegt. Mac öffnete das Logbuch und wäre fast vom Baum gefallen vor Schreck: FTF stand da und darunter die glatzköpfigem langnasige Figur von „Kilroy" mit dem Eintrag: „KILROY WAS HERE – NOW".

Blitzschnell, so gut es ging, verließ Mac den Baum, nachdem er die Dose wieder gut im Vogelhäuschen verstaut hatte.

„Was ist los?" fragte Schalie, als Mac keuchend den Freund erreicht hatte.

„Ich fass es nicht... „Kilroy" hat sich schon eingetragen... Das geht doch nicht mit rechten Dingen zu..."

Sie liefen zurück zum Hof vom Opa und teilten die Neuigkeit ihren Freunden mit. Ambrosius kam auch gerade mit dem Wohnmobil um die Ecke gefahren, denn sie hatten sich für eine Zeit zwischen neun und halb zehn Uhr morgens verabredet.

Sie erzählten ihm auch von der Neuigkeit und das niemand Teil 1 der Lösungen bisher geschafft hatte. Er überlegte kurz und sagte dann: „Ich glaube, der hat euch belauscht oder verfolgt. Sonst konnte er unmöglich an die Lösung kommen, ohne die Fragen hier im Vogelhäuschen zu lösen."

„So etwas habe ich auch sofort vermutet", meinte Riegel, nachdem der Hippie es erzählt hatte.

„Unsere ganze gestrige Mühe war umsonst", seufzte Hannah.

„Wieso das denn? Wir haben nen geilen Cache gelegt, der viele Leute erst einmal grübeln lässt und die Baumkraxelei ist auch nicht von schlechten Eltern..." sagte Schalie dann.

„Recht hast du, Bua", meinte Ambrosius. „Ihr habt den Cache ja nicht nur als Falle gedacht, sondern wolltet das Nützliche mit dem Praktischen verbinden, gell?"

Die Freunde nickten und überlegten, wie sie „Kilroy" auf die Schliche kommen konnten.

Der Nachtcache

Da es immer noch Hochsommer war und es abends erst sehr
spät dunkel wurde, überredeten die Freunde ihre Eltern, dass
sie gemeinsam mit Ambrosius einen Nachtcache machen
durften.

Jeder hatte sich entsprechend angezogen, etwas zum Essen
und Trinken mitgenommen und den Cacher-Rucksack
passend beladen, als Ambrosius Richtung Ostallgäu aufbrach.

Als sie die Startkoordinate fanden, staunten sie nicht
schlecht, als Mac mit seiner ultravioletten Lampe die Wand
nach einem Eintrag absuchten und sie das „Kilroy-Emblem"
an der Wand entdeckten.

„Was will der denn schon wieder hier?" fragte Riegel und vor
lauter Wut, biss er kraftvoll in einen neu geöffneten
Müsliriegel hinein.

„Verfolgt der uns etwa?" fragte Anna und ihr war mulmig
zumute.

„Sollen wir aufgeben?" meinte Jo dann.

„Kommt gar nicht in Frage", sagte Mac daraufhin. „Wir sind
40 km bis hierher gefahren und aufgeben gibt es bei mir
nicht. Die Bewertungen für den Nachtcache sind echt klasse
und die Leute ganz begeistert. Wir machen weiter."

Es war ein gut ausgetüftelter Nachtcache, der einen
Schwierigkeitsgrad von 3,5 hatte und daher auch sehr reizvoll
für die Freunde war.

Nach der ersten Station, die sie gut gemeistert hatten, waren sie kurz vor der Lösung des zweiten Teilabschnittes, da sah Mac, der die UV-Lampe immer wieder zum Leuchten benutzte, wieder „Kilroy´s Symbol".

„Wenn ich den erwische", meinte er nur und knirschte mit den Zähnen. Plötzlich traf ihn etwas Hartes am Kopf.

„Aua!" rief er und unterdrückte einen Schmerz! „Hat jemand von euch mich beworfen?"

Die Freunde schüttelten den Kopf.

„Ob das „Kilroy" war?" meinte Schalie. „Kann sein, dass er hier in der Nähe herumlungert und sich über uns lustig macht."

Plötzlich war allen etwas anders zumute.

„Ihr werdet doch vor so einem Hanswurst keine Angst haben, oder?" sagte Ambrosius mit seiner tiefen Stimme.

Kaum hatte er es gesagt, traf ihn auch ein Wurfgeschoss am Kopf.

„Du dreckiger Lausebengel, wenn ich dich erwische", rief Ambrosius und war sehr erzürnt, denn der Treffer schmerzte arg an seinem Hinterkopf.

„Sollen wir wirklich weiter gehen?" meinte jetzt Hannah und war etwas unsicher zumute.

„Klar, wir lösen den Cache und dann schauen wir weiter." Mac hatte das jetzt so selbstsicher gesagt, dass die Freunde nickten und weiter machten. Stage 2 war sehr gut getarnt, aber Hannah´s zierliches schmales Händchen kam in das Loch hinein und holte die Dose mit den kommenden Koordinaten heraus. Weiter ging es zu Station 3, welches auch das Final darstellen sollte. Hier musste geklettert werden. In der Nacht kein leichtes Unterfangen!

Als sie endlich den richtigen Baum gefunden hatten, war dort eine Strickleiter vorhanden, denn der erste Ast war über zwei Meter hoch, aber die Strickleiter war leider hochgezogen.

„Das war „Kilroy"!" rief wutschnaubend Schalie.

Daraufhin hörten sie ein dreckiges Kichern, welches sich aber entfernte.

Ambrosius schaute sich das Ganze einmal an und meinte dann: „Ich nehme Schalie Huckepack, dann kommt er an die Strickleiter dran, abgemacht?"

Die Freunde nickten und schon bald war Schalie auf dem Baum und trug die Freunde ins Logbuch ein. Was glaubt ihr, wer sich vor ihnen verewigt hatte? Richtig: „Kilroy"!

Auf dem Rückweg zum Wohnmobil geschah nichts Besonderes. Aber als sie ihr Fahrzeug erreicht hatten, leuchteten sie es erst einmal ausgiebig ab. Es war nichts zu sehen. Sie betraten es und plötzlich schluckte Ambrosius und meinte nur:" Das geht hier nicht mit rechten Dingen zu..." und hielt einen Zettel hoch, der vorne auf dem Armaturenbrett lag. Dort stand groß draufgeschrieben: „Kilroy war auch hier – hahaha!"

„Vorsicht! Halt den Zettel fest, ich tüte ihn ein", rief Hannah. Unser Papa kann den dann auf Fingerabdrücke untersuchen lassen."

So geschah es!

Am nächsten Morgen übergaben die Zwillinge Anna und Hannah ihren Vater die Tüte mit dem Zettel und erklärten ihm alles.

„Nun, es ist ja noch nichts Schlimmes passiert. Vielleicht nur ein Lausbubenstreich", meinte der Vater zu seinen Töchtern.

„Und wie kam der Zettel in das Auto?" fragte Anna gereizt.

„Vielleicht war die Seitenscheibe nicht ganz hoch gekurbelt, wer weiß..."

„Papa, dass glaubst du doch wohl selber nicht", regte sich jetzt auch Hannah auf.

Sie überredeten ihren Vater, den Zettel untersuchen zu lassen.

Am Abend bekamen sie von ihm Antworten.

„Es ist in der Tat etwas merkwürdig, denn nur Ambrosius Fingerabdrücke waren auf dem Zettel. Euer „Kilroy", wie ihr ihn nennt, muss wohl Handschuhe getragen haben..."

„...oder ist eingebrochen, dieser Hallodri", unterbrach ihn Anna.

„Möglich, wir untersuchen jetzt erst einmal Ambrosius´ Wohnmobil, dann sehen wir weiter.

Das gute Stück wurde durchgecheckt, aber es deutete nichts auf einen Einbruch hin.

Sehr merkwürdig..." meinte der Hauptkommissar auch dazu.

„Es sei denn..." meinte Ambrosius nachdenklich, „ich lasse immer einen Zentimeter weit das Seitenfenster offen, damit etwas Luftzirkulation geschehen kann. Normalerweise kurble ich es hoch, wenn ich irgendwo parke, aber ich hatte es heute Nacht nicht getan."

„Du meinst..." unterbrach ihn Mac und war ganz aufgeregt", er hat mit einem gebogenen Draht den Türöffner betätigt?"

„So in etwa, ja..." antwortete Ambrosius, „wäre zumindest eine Lösung."

Der Hauptkommissar hatte interessiert zugehört und meinte dann:" Nun, das wäre fast noch die plausibelste Erklärung und wenn er, wie es scheint, Handschuhe getragen hatte, sind auch keine Fingerabdrücke zu finden."

Die Freunde hatten noch eine Idee! Schalie kam mit einer riesigen Lupe zum Wohnmobil und hielt sie an den Knopf, der die Tür verriegelt.

„Schaut mal!" rief er plötzlich. „Da sind Macken dran, die könnten von so einem Draht oder so stammen!"

Der Hauptkommissar schaute es sich auch an und meinte dann:" so wie es scheint, war es wohl so. Ambrosius sollte besser in Zukunft das Wohnmobil verschließen und zwar komplett..."

Ambrosius nickte und sagte dann: „Ist schon ne komische Welt. Wir tun doch keiner Fliege was zu leide..."

„Fliegen vielleicht nicht, aber Ganoven schon..." meinte der Hauptkommissar nachdenklich.

Ungereimtheiten

Riegel hatte in ihrem Cache Account nachgesehen: Der dreiste „Kilroy" hatte sich tatsächlich als FTF eingetragen und dazu geschrieben: „Von wegen schwer, super einfach, wenn man weiß, wo man schauen muss!"

„Dieser dreiste Saukerl! Beobachtet uns, wo wir den Cache verstecken und schleicht sich hin, um sich dann auch noch als FTF einzutragen."

„Und wenn ihr ihn meldet?" fragte der Hauptkommissar die Freunde.

„Ein Versuch wäre es wert, denn das ist ja alles andere als faires Geocaching." Mac hatte es sanft ausgesprochen.

Riegel verfasste einen Text und sandte ihn los.

„Oh, wir müssen noch den Nachtcache eintragen. Machst du das eben, Riegel?" fragte Schalie.

Der Angesprochene nickte und verdrückte dabei genüsslich wieder einmal einen seiner geliebten Müsli-Riegel. Dass er dabei nicht dick wurde, war wohl sein eigenes Geheimnis.

„Das gibt's doch nicht! Der Saukerl hat sich sehr dreist über uns ausgelassen. Hört mal: „Heute Nacht den Geocache gemacht und von üblen „Cacherkollegen" genervt worden, die sich nicht an Regeln gehalten haben."

„Das ist dreist!" rief Anna und stemmte die Arme in die Hüfte. „Wenn der mir vors Auge kommt, sind seine veilchenblau", und dabei deutete sie Boxerhiebe an.

„Bleibt erst einmal in der Ruhe, Leute", meinte Ambrosius beschwichtigend. Er, der als Waagegeborener gerne Streitereien schlichtete, versuchte ruhig auf die Freunde einzuwirken.

„Was sollen wir denn jetzt tun?" meinte Hannah und zuckte mit den Schultern.

„Wie wäre es, wenn ihr versucht herauszubekommen, wie er euch belauscht haben könnte", sagte Ambrosius.

„Hmm, was würde MacGyver jetzt tun?" überlegte Anton, alias Mac, dann.

„Das Auto auf Wanzen oder Bluetooth Signale etc. untersuchen?" meinte Schalie dann.

„Coole Idee!" meinte Mac und ging zum Wohnmobil. Er holte eine alte Decke aus dem Innenraum, wo sie als Unterlage für dreckige Schuhe lag und legte sie auf den Boden. Dann ging er in die Hocke und kurz darauf robbte er vorsichtig unter das Wohnmobil. Einige Minuten vergingen, in denen nichts geschah. Plötzlich hörten sie ein lautes Rumpsen!

„Aua!" rief Mac. „Ich hab mir die Rübe eingehauen, so´n Mist. Tut sauweh!"

„Komm erst mal wieder hervor. Schalie kann ja weiter suchen..." meinte Anna.

Kurze Zeit später war Mac wieder hervorgekommen und Schalie hatte seinen Platz übernommen. Doch soviel sie auch suchten, sie fanden nichts.

„Hast du auch im Motorraum geschaut?" fragte der Hauptkommissar, als er nach einem Besuch der Toilette wieder zurückkam.

„Nein, nur von unten", sagte Schalie.

Sie zogen an der Verriegelung und öffneten die Motorhaube. Zum Glück war der Motor jetzt schon relativ abgekühlt.

„Was summt denn da?" fragte Anna.

„Hmm, keine Ahnung, ich hab keine Anti Marder Falle oder so installiert", meinte Ambrosius.

Der Ton war sehr hochfrequent und extrem leise. Bei normalem Gerede oder Umweltgeräuschen konnte man es nicht wahrnehmen.

„Mach das weg, da krieg ich Kopfschmerzen von", meinte Hannah, die sich darüber gebeugt hatte.

„Was ist das?" fragte Schalie und tastete danach, bis er den Übeltäter in der Hand hatte.

„Wahrscheinlich irgend so eine neue Spielerei aus Fernost, die man für ganz kleines Geld bei eBay ersteigern kann", mutmaßte Riegel.

„Gut möglich. Ich werde nachher mal im Internet schauen, wenn ich Zeit habe. Da gehe ich aber an den PC von meinem Papa, denn der hat einen großen Monitor, da kann man alles viel besser sehen", meinte Schalie grinsend.

„Manchmal sind die riesigen Monitore doch ganz praktisch. Bei den Tablets macht man sich ja fast die Augen kaputt, wenn man einen Film gucken will", sagte Anna.

„Und beim Handy erst. Da siehste ja kaum was..."

„Wer schaut schon einen Film auf dem Handy?" fragte Mac. „Selber schuld!"

„Außer man hat eines dieser Riesenhandys, die sind fast so groß wie ein Tablet."

„Ach du meinst diese Phablets. Die sind über 5 Zoll groß!"

„Was ist das denn für ein Name?" fragte Ambrosius dann.

„Ja weißt du, so wie es immer kleiner gehen kann, ich erinnere nur an das superkleine Handy, welches Ben Stiller in „Zoolander" benutzte, gibt es auch hier wieder so ne Art Gigantomanie, nenne ich es mal, also riesige Handys..."

Riegel hatte es wieder einmal auf den Punkt gebracht.

„Und wo kommt der Name jetzt her?" fragte Ambrosius dann.

„Ganz einfach: Von „Phone" und „Tablet". Easy, oder?" meinte neumalklug Riegel, während er wieder dabei war, sein Lieblingsessen zu öffnen.

„Mein Kumpel Tommy sagte, es kommt jetzt ein 6 Zoll Phablet raus. Voll der Burner!" meinte Schalie. „Aber schweineteuer..."

„Ich bevorzuge immer noch meinen Laptop, das reicht mir", meinte der Hauptkommissar, den die Freunde, wenn er nicht dabei war, immer „Oberbulle" nannten.

„Wie machen wir jetzt weiter?" fragte Jo in die Runde.

„Ihr habt zwei Möglichkeiten: Entweder ihr lasst den Sender am Womo dran und versucht so, diesen „Kilroy" zu fangen oder ihr entfernt ihn und hofft, dass er dann aufgibt."

Die Vorschläge des „Oberbullen" waren sehr sinnvoll!

Die Freunde beratschlagten sich.

Drei waren dafür, drei dagegen. Also sollte Ambrosius Meinung das Zünglein an der Waage sein.

„Na ja, ich bin ja ein Waagegeborener, dass passt ja", meinte er. „Ich habe eine gute Idee dazu. Vielleicht sollten wir das gute Stück noch etwas dran lassen, vielleicht bis morgen und schauen, was passiert. Sollte sich dann nichts ereignen, könnt ihr es ja abmachen. Macht hochauflösende Fotos davon, so dass ihr eine Bezeichnung findet und dann recherchiert im Internet, ok?"

„Weise Worte, alter Hippie", meinte Mac und klopfte dem etwa gleichgroßen Freund anerkennend auf die Schulter.

„Leute, ich hab mal aus Spaß schon mit meinem Tablet rumgesucht. Ein Teil des Namens war ja lesbar auf diesem Miniteil. Es ist ein Mini GPS-Tracker." Riegel hatte dabei ausnahmsweise keine Müslistücke im Mund, als er das sagte.

„Aha, GPS-Tracker, interessant", meinte der Hauptkommissar. Was kostet denn so ein Teil?" fragte er Riegel.

„Kommt aus Fernost und kostet inklusive Versand bloß einen Zehner. Fast geschenkt sozusagen..."

Riegel´s Antwort verblüffte keinen der Freunde. Sie wussten, dass in Fernost alles zu Dumpingpreisen hergestellt wurde.

„Der Haken daran ist, dass man sich manchmal einen Wolf wartet. Das dauert richtig lange, bis es da ist. Manchmal vier Wochen Lieferzeit. Ich hab mal was aus Hong Kong bei Ebay ersteigert, das hat echt lange gedauert."

„Das heißt: Unser nerviger Cacherkollege hat sein Spielchen schon länger geplant, rechnen wir mal die Wartezeit ein", sagte der Hauptkommissar.

„Oder er ist voll der Freak, der andere gerne nervt und macht das schon länger und hat sich zufällig uns als Opfer seiner Ärgernisse ausgesucht", sagte Mac daraufhin.

„Es gibt Zufall", antwortete Ambrosius daraufhin. „Zufall heißt, es fällt auf einen zu, ist also vorherbestimmt."

Du wieder mal, alter Verschwörungstheoretiker. Echt typisch..." antwortete Anna und schaute Ambrosius zweifelnd an.

„Wer weiß, wer weiß... Die meisten Dinge auf Erden sind sowieso von Anfang an vorherbestimmt. Der liebe Gott spricht das vor der Inkarnation mit den Seelen ab", sagte der alte Hippie und grinste.

„Bitte schön jetzt keine esoterischen Debatten, ja?" meinte der Hauptkommissar. „Damit habe ich nichts am Hut", sagte er.

„Kommen wir doch zu etwas Erfreulichem zurück: Wollen wir heute noch cachen gehen? Vielleicht bekommen wir dann ja „Kilroy" zu Gesicht?" meinte Hannah spitzbübig.

„Klaro! Ich bin dabei! Du musst nur kurz beim Discounter anhalten, Hippie, ich brauche neuen Vorrat an Müsli-Riegeln und ihr wollt doch bestimmt auch´n Happen essen, oder?“

Just in dem Moment kam der Opa von Mac und Jo heraus und fragte, ob die Freunde Interesse hätten, eine Portion Spaghetti mit Tomatensoße mitzuessen. Er habe reichlich davon vorrätig!

Es gab ein lautes Gejubel und alle folgten dem Opa ins Haus, wo die Oma schon leckere Nudeln im Topf auf dem Tisch serviert hatte. Es gab fertige Tomatensoße dazu und der Opa meinte: „Die ist vegan auf Wunsch von Hannah.“

Das Spaghetti Essen geriet fast in eine Fressorgie, so ausgehungert waren unsere Freunde – mit einer Ausnahme: Riegel aß nur sehr wenig, denn Spaghetti waren halt keine Müsli-Riegel...

Nach dem Essen brachen sie auf, neuen Cache Abenteuern entgegen...

Multi-Cache gegen „Kilroy"

Sie hatten sich für einen Multicache entschieden, der nur 15 km entfernt lag und über eine Distanz von etwa 5 km quer durch einen riesigen Wald ging.

Genau die richtige Herausforderung für die Freunde. Ambrosius setzte sie ab und sie vereinbarten, dass er sie von Mindelheim aus in etwa 3 Stunden wieder kontaktieren sollte. Da Ambrosius kein Handy hatte, rief er immer von seiner Lieblingstelefonzelle aus an. Sie erinnerte ihn immer an die guten alten 60er und 70er Jahre, als er noch wesentlich jünger war.

Die Fragen, die die Freunde für die erste Station lösen mussten, waren recht einfach. Dadurch hatten sie innerhalb von 10 Minuten die erste Hürde bewältigt. Die Dose war unter einer alten Wurzel gut getarnt versteckt und lag trotzdem nur wenige Meter neben dem Wanderweg durch diesen Wald. Sie wollten sich gerade ins Logbuch eintragen, als Anna, die dieses Mal mit schreiben dran war, einen Schreikrampf bekam!

„Was ist los, Anna?" fragte Mac als Erster.

„Ll lll lies mal", fand sie kaum Worte.

Dort stand: „Wieder schneller als ihr, Geocaching Kids Loser... Kilroy was here Now!"

„Das ist doch nicht zu fassen! Der muss noch eine andere Möglichkeit haben, uns zu belauschen, denn sonst konnte der

doch unmöglich vor uns den Cache angehen..." meinte
Schalie und regte sich auf!

„Vielleicht hat er eines unserer Handys oder Tablets verwanzt
oder gehackt...Vielleicht ist es ja einer aus unserer Schule.
Könnt ihr euch noch daran erinnern, wo wir die komische
Übung in der Schule hatten, als alle ihre Handys abgeben
mussten und nach der Vorführung sie erst wiederbekamen?
Mann, gab das ein Theater! Viele wollten sich von ihren
Schätzchen nicht trennen, nicht mal für 2 Stunden..."

„Ja", sagte Anna, „und hinterher gab´s massives schauen, ob
es neue Nachrichten via What´s App gab und so weiter, war
richtig lustig irgendwie..."

„Du meinst, es könnte sein, dass „Kilroy" ein Handy von uns
manipuliert haben könnte? Ziemlich aus der Luft gegriffen,
oder? Erst einmal: Wie sollte er an unsere verschlossenen
Handys herankommen und zweitens: Wie sollte er wissen,
welches wem gehört?" Schalie hatte sich Luft gemacht...

„Keine Ahnung, war nur so eine Vermutung, ok?" meinte Mac
wieder.

„Jetzt bist du der Verschwörungstheoretiker, Mac", grinste
Riegel, nachdem er es gesagt hatte.

„Aber irgendwie kommt er uns auf die Schliche. Sollen wir
mal alle unsere Geräte auseinander bauen?" hakte Schalie
nach.

„Spinnst du?" Jo wurde wütend. „Nachher kriegen wir das
nicht mehr wieder richtig zusammen und es geht nicht
mehr... Ne neeee..."

„Dann geht's halt weiter zu Etappe 2. Anna stehen wir im Logbuch?"

„Jepp!" sagte sie nur kurz und knapp.

Station 2 erforderte schon eine größere Menge Mut, denn es musste in einen Schacht hineingeklettert werden.

Anna war sofort bereit zu krabbeln, denn sie hatten weder vor Mäusen, Ratten noch vor Spinnen Angst. Ausgerüstet mit einer Stirnlampe betrat sie den Schacht und leuchtete ihn aus. Riegel hatte errechnet, dass sie ihn etwa bis zur Hälfte begehen musste, um an die Dose zu kommen. Anna leuchtete hinein und sah vor sich einen Schatten. Sie unterdrückte den Schrei, der ihr beinahe aus der Kehle gekommen wäre. Der Schatten hastete in die vor ihr liegende Richtung weiter. Sollte sie ihm nach und ihn eventuell alleine stellen oder lieber die Jungs die Arbeit erledigen lassen? Sie überlegte kurz und entschied sich, weiter zu gehen. Sie holte ihr Pfefferspray aus dem Rucksack und hielt es in der rechten Hand fest. Langsam ging sie gebückt weiter. Plötzlich sah sie die Dose in einer Nische. Vor ihr war nichts zu sehen. Sie griff beherzt hinein und nahm das gesuchte Etwas heraus. Vier Verschlüsse, die sie von vielen Cacherdosen kannte, verbargen das Logbuch und die nächste Aufgabe, welche sie abfotografierte. Anna trug sich ein. „Kilroy" hatte sich auch hier schon mit seinem obligatorischen Stempel eingetragen und dazu geschrieben: Mal sehen, wer von den sechs feigen Ratten sich hierher wagt?"

Anna war geladen vor Wut! Das Pfefferspray war schon entsichert, sie brauchte nur noch drauf drücken. Aber dann überlegte sie: Wieviel vom Gas würde sie selber abbekommen, da es in dem Schacht verbunden mit dem Tunnel recht eng war. Sie schrieb ins Logbuch hinein: „Anna vom Team GCKA" und dann packte sie es wieder sorgfältig ein. Falls „Kilroy" es überprüfen würde, sollte er sehen, wie tapfer Anna war.

Mulmig war ihr schon, als sie daran dachte, er könnte sie von hinten überfallen, deshalb ging sie langsam rückwärts zurück, um die Sicht nach vorne zu behalten. Hinten sicherten ja die Freunde alles ab.

Als Anna endlich wieder Tageslicht über sich hatte, war sie schweißgebadet.

„Was ist dir denn passiert?" fragte ihre Zwillingsschwester Hannah. „Du siehst aus, als kämst du gerade aus der Sauna..."

Anna berichtete und zog ihr Handy aus der Tasche, wo sie den neuen Text abfotografiert hatte.

Ein Rätsel, hört hört..." meinte Riegel, „ganz meine Kragenweite, in der Tat!"

Dort stand: Was ist tiefer? Teller oder Tasse? Die Lösungsbuchstaben addieren.

Wer kommt als Erster in ein Haus? Buchstaben addieren.

Was steht eigentlich hinter der Freiheitsstatue? Addieren der Buchstaben ist gefordert.

Der Obsthändler an der Ecke ist 179 cm groß, hat einen Brustumfang von 99 cm und trägt Schuhgröße 43. Was wiegt er? Anzahl der Lösung addieren

Wie oft konnte Noah angeln? Nur die Zahl angeben.

Die Freunde überlegten.

Riegel, der neunmalkluge, löste sofort Frage 5. „Ist doch klar: Die Tiere betraten paarweise die Arche. Also zwei Würmer.“

„Frage 4 weiß ich“, sagte Hannah und grinste breit. „Na, er wiegt Obst, was sonst?“

Schalie haute sich die Hand vor den Kopf. „Mann, da hätte ich auch drauf kommen können.“

„Biste aber nicht“, meinte Anna. „Ich glaube, Frage 1 zu wissen: Es ist die Tasse...“

Frage 3 weiß ich, „meldete sich wieder Hannah. „ Es ist das weite Meer.“

„Nee, das ist falsch, Hannah. Hinter der Statue ist ein Fragezeichen“, meinte Mac und zwinkerte mit dem rechten Auge. „Das ist ne Scherzfrage.“

„Soll ich jetzt nur das Fragezeichen als Buchstrabe quasi hinschreiben oder das ganze Wort?“ fragte Hannah in die Runde.

„Da steht Buchstaben, also das ganze Wort“, klugscheißerte Riegel wieder.

„Fehlt nur noch Frage 2.“ Plötzlich flüsterte Mac die Antwort, die „Schlüssel“ heißt, Schalie ins Ohr.

„Warum so geheimnisvoll?“ fragte Hannah.

„Vielleicht hört der Feind ja mit“, sagte er und schrieb auf den Zettel, der vor ihm lag: Richtmikrofon???

„Im Ernst?“ meinte Anna und schaute ungläubig drein.

„Könnte doch sein, oder?"

„Wie weit, du weißt schon?" hakte Schalie interessiert nach.

„Locker 100 bis 500 Meter", sagte Riegel leise, während er einen Riegel genüsslich mampfte.

„Ist so etwas möglich?" fragte Hannah dann.

„Wir werden sehen. Errechnet kurz die neuen Koordinaten und dann geht's zur nächsten Station." Mac hatte das leise, aber bestimmt gesagt.

Die Freunde gingen weiter und als sie die Koordinaten erreicht hatten, war die nächste Dose nicht zu finden.

„Vielleicht ist eine Frage falsch?" Hannah sagte das ganz leise.

„Schon möglich." Mac schaute die Antworten noch mal durch.

„Oder!" rief es plötzlich aus dem Wald.

„Wer war das?" fragte Hannah ganz ängstlich und hakte sich bei ihrer Zwillingsschwester unter.

„Das war bestimmt „Kilroy", die linke Socke", knurrte Schalie.

„Wir Deppen! Er hat aber Recht! Die Antwort ist weder Teller noch Tasse, sondern der Fluss Oder, wir Deppen wir..."

„Ja, ist ja schon gut!" maulte Schalie.

Sie änderten die Koordinaten und plötzlich war vor ihnen an einem Baum ein Seil in knapp 3 Meter Höhe.

„Ob das von „Kilroy" ist? Fragte Hannah.

„Zieh dran, dann weißt du es", meinte Riegel und grinste danach.

„Nach dir, Riegel, alter Besserwisser", sagte die Angesprochene daraufhin.

Weil Riegel nicht reagierte, nahm Schalie Anlauf und sprang so hoch, dass er das Seil erfassen konnte und zog daran. Von oben kamen lauter Blätter entgegen.

„Da hat keiner was manipuliert, denke ich", meinte Mac dann. „Aber das passt doch nicht zu einem Cache, oder? Wie sollen wir das Seil denn dann wieder da hoch bugsieren?"

„Gute Frage, ich klettere mal geschwind nach oben, dann wissen wir mehr."

Schalie war sehr schnell oben angelangt.

„Kein Cache, wohl nur ein Täuschungsmanöver vom Owner."

Hannah, die sich für einen Moment etwas abseits ins Gras gesetzt hatte, sprang plötzlich auf.

„Ich hab was!" rief sie.

Die Freunde schauten sofort zu ihr hin.

In der Erde schaute hinter einem Stein etwas Plastikartiges heraus.

„Hintervotzig! In der Erde! Na ja, Hauptsache, wir haben die Dose!"

Mac öffnete das Logbuch.

„Ha! Kein Eintrag von „Kilroy“. Dann scheint er hinter uns zu sein!“

„Nicht mehr lange, ihr Deppen!“ Eine Stimme, die sich verzerrt anhörte, drang ihnen entgegen.

„Was hat der da? Ein Richtmikrofon und ein Megafon?“ Heftig!“

„Du bist gut!“ kam die Antwort leicht verzerrt aus dem Wald.

„Los, eintragen und weiter. Aber vorher die neuen Fragen abknipsen, ok?“ meinte Mac.

„Jawohl, General“, meinte Riegel und nahm spaßeshalber Haltung an.

„Rühren, Soldat“, machte Mac den Spaß mit.

Alle waren am Lachen! Durch diese Blödelei war der Druck von ihnen gewichen.

„Ich hab noch ins Logbuch geschrieben: Hintervotzigen „Kilroy“ überholt, „ grinste Anna.

„Gut! Mal sehen, was das bringt!“ meinte Riegel.

Sie begannen in leichtem Trab loszulaufen, wobei Anna vorne weg lief.

Nach etwa 500 Metern gab es eine Weggabelung und die Freunde wollten hier die nächsten Fragen lösen.

Sie waren überrascht, dass es eine Sichtungsfrage war. Dort stand: Haltet Ausschau nach den drei Zebras, die umrundet werden von drei braunen Bären.

„Hä?" machte Anna.

„Was ist das denn für ein Witzbold, der solche Fragen stellt?"

„Da vorne sind drei Birken, na ja, kann man auch als Zebras mit viel Fantasie so bezeichnen und die drei dunklen Bäume davor? Mit Fantasie Brummbären..."

Mac hat es so auf die Schnelle formuliert.

„Du bist mir auch so´n Brummbär, du", meinte Schalie.

Trotzdem gingen sie jetzt auf die Bäume zu.

„Wow! Da ist was in etwa 3 Meter Höhe im Baum. Könnte die Dose sein", sagte Riegel.

„Cool, das wäre die erste Teilstrecke, wo wir die Dose finden, ohne vorher die Koordinaten eingegeben zu haben."

„Es standen ja auch keine dabei, du Schussel", antwortete Schalie.

„Hey! Keine Streitereien hier! Wir haben sie wohl gefunden und Schalie oder Anna dürfen kraxeln, ok?"

„Wollen wir losen?" fragte Anna

„Na, lass mal, ich klettere schon", meinte Schalie und windete sich elegant den Baum hinauf.

„Der könnte auch Tarzan spielen, so gelenkig wie er ist."

„Aber nur, wenn er mehr Mukkis hätte. Dann schon", meinte Hannah.

Schalie war mittlerweile oben angekommen und trug die Freunde ins Logbuch ein.

„Wieder vor „Kilroy", so macht das Spaß!"

Dann packte er alles wieder gut ein und kletterte im Baum noch so weit nach oben, wie er es sich zutraute. Dort platzierte er die Dose.

„Kleine Rache an „Kilroy"", meinte er nur, als er wieder unten angekommen war, auf das Schulterzucken der Freunde.

Schalie hatte sich die nächste Frage abfotografiert und zeigte sie den Freunden dann.

Dort stand: „Wieder um die Ecke denken"

„Welches Gemüse komponiert im Duo Filmmusik?"

Was war am 6.12.1887 in Washington?

Wie viele Male kannst du Eins von Zehn abziehen?

Zwei Bauarbeiter wollen ein Haus bauen. Womit fängt alles an?

Was kann von der Sonne nicht beschienen werden?

In einem Bus sind 18 Fahrgäste. An der nächsten Haltestelle steigen 8 aus und 6 ein. Wie viele Personen sind jetzt im Bus?

Die Freunde schauten sich zuerst ratlos an. Dann zuckte Anna und sagte: „Nikolaus! Ist doch klar! Überall am 6.Dezember zu jeder Zeit ist Nikolaus!"

„Gut, Anna! Ich bin noch beim Busrätsel. Ist denke, es sind 17 Leute", meinte Mac.

„Wieso 17?" fragte ihn dann Anna.

„Ist doch recht einfach. 18-8 ist gleich 10. Plus 6 Einsteiger, sowie den Busfahrer ist gleich 17. Comprende?“

Anna grinste. Sie hatte es verstanden!

„Der Schatten ist gemeint“, antwortete Riegel, während er gerade wieder einen Müsli-Riegel ausgepackt hatte. „Ohne Gehirnfutter kann ich nicht denken, verstehst du?“ Dann biss er in den Riegel hinein.

„Stimmt, was Riegel sagt. Die Sonne bescheint keinen Schatten.“

„Ja, ich bin durch Lucky Luke drauf gekommen. Der zieht doch schneller als sein Schatten. Das brachte mich auf die Lösung!“

„Gut, was fehlt uns jetzt noch?“ fragte Hannah in die Runde.

„Welche gute Filmmusik kennt ihr?“ fragte sie weiter.

„Ich mag Bud Spencer und Terence Hill Filme gerne. Vor allem die Wendigkeit von Terence Hill ist mir ein großes Vorbild“, meinte Schalie. „Natürlich, ich hab´s! Mein Papa ist großer 70er Jahre Musik Fan. Im Auto muss ich das immer mithören, ob ich es mag oder nicht. Er hat es auf einem Stick gespeichert. Da ist so´n Titel von einem Spencer/Hill Film drauf. Ich glaube „Flying through the air“ heißt das Stück. Wenn ich mich nicht täusche, heißen die Interpreten Oliver Onions und es ist ein Duo. Onions sind Zwiebeln, passt doch!“

„Suuuuuper klasse, Alter!“ meinte Mac und grinste. „Ich mag die Mukke auch, bin aber nicht drauf gekommen! Spitzenmäßige Lösung!“

„Wenn man zehn hat und eins abzieht, bleibt neun", sagte Anna plötzlich. „Das ist es doch! Einmal kann ich es abziehen. Die Lösung ist eins!"

„Jetzt fehlt noch, womit die Bauarbeiter anfangen. Zement? Grubenaushub? Vermessung? Hmm..."

„Um die Ecke denken heißt es, Leute. Lasst uns die Frage auseinanderpflücken. „Womit fängt alles an?" fragte Hannah die Freunde.

„„Alles" fängt mit dem Buchstaben „A" an. Ist das die Lösung?" fragte Jo.

„Das ist es! Super, kleine Schwester!" jubelte Mac und drückte sie herzlich.

„Gut, jetzt schnell die Koordinaten ausrechnen und die Dose hoffentlich vor unserem Erzfeind Skinny ..., äh, ich meine natürlich „Kilroy" loggen."

„Magst du Skinny auch nicht?" fragte Schalie seinen Kumpel Mac.

„Nein, Zweiter", antwortete dieser scherzhaft.

„Gut, Erster! Just in diesem Moment geht es weiter, hahaha!"

„Genug rumgeblödelt. Lasst uns diesen Cache endlich beenden, in einer halben Stunde etwa ruft Ambrosius an und wir wollen doch bis dahin fertig sein, oder?" Riegel hatte Tacheles geredet.

„Kollegen, ich bin der Meinung..." Weiter kam Mac nicht.

„Hallo, du bist nicht Just, lass das jetzt, ok?" maulte ihn seine Schwester Jo an.

Daraufhin mussten alle intensiv lachen. Die Geschichten der berühmten Detektive kannten alle aus dem Effeff, sozusagen.

Das Etrex zeigte ihnen den Weg und nach etwa 400 Metern standen sie dort, wo sie die Koordinate hingebracht hatte.

„Hier müsste irgendwo das Final sein, denke ich."

Mac hatte das ehr deutlich gesagt.

Da! Da ist ein Starenkasten!" rief Riegel.

In der Tat befand sich gut versteckt hinter einer dicken Buche ein Starenkasten mit einem Zahlenschloss davor.

Auf dem Kasten waren drei Bilder.

„Oh je! Ein Bilderrätsel!" meinte Anna.

Zu sehen waren: Ein Polizist, ein Vogel und ein Auto.

„Ist doch klar: Ein Starenkasten, der blitzt! Doppeldeutig!"

„Dann ist der Zahlencode..."

Doch bevor Schalie die Antwort sagen konnte, raschelte es hinter ihnen im Gebüsch und alle drehten sich um.

Sie hörten ein hämisches Gelächter und dann Schritte, die sich entfernten.

„Los, Schalie, gib Gummi und hol dir den Typ!" meinte Anna und klopfte ihrem Kumpel auf den Hintern.

Schalie nickte, sprang um das Gebüsch herum und begann zu schauen, in welche Richtung er laufen sollte, doch es war weit und breit niemand zu sehen."

Er kam zu den Freunden zurück und zuckte mit den Schultern. Ohne etwas zu sagen, deutete er mit dem Zeigefinger auf den Lippen an, bitte still zu sein und gab den dreistelligen Zahlencode ein, von dem er glaubte, dass es der Richtige war. Er passte! Das Schloss öffnete sich. Die finale Dose kam zum Vorschein! Die Freunde trugen sich ein und dann wurde der Starenkasten wieder verschlossen.

Gutes Timing bewies Ambrosius, denn just zwei Minuten später rief er die Freunde an. Sie hatten über ihr GPS-Gerät geschaut, wo sie sich befanden und gaben dann Ambrosius durch, wo er hinkommen sollte.

Als sie wieder im Wohnmobil saßen, fragte er, wie es denn war.

„Dieser „Kilroy" hat uns wieder megamäßig genervt, aber wir haben ihn überholt", meinte Anna stolz.

„Der hat'n Megafon und so'n Richtmikro, stell dir das mal vor, Alter", meinte Schalie zu Ambrosius.

„Das wird euren Papa bestimmt interessieren, Mädels", sagte er zu den Zwillingen.

Die beiden nickten nur.

Ein „Bunker" wird errichtet

Am nächsten Morgen kam Hauptkommissar Martin, der Vater
der Zwillinge, zu dem vereinbarten Treff der Freunde auf dem
Grundstück von Opa Schuster, der der Großvater von Mac
und Jo ist.

„Ist das nicht eine Art von Drohung oder zumindest Stalking,
was „Kilroy" da macht?" fragte ihn seine Tochter Anna.

„In gewisser Weise schon, aber er hat euch ja nichts getan,
nur bestenfalls geärgert."

„Na hör mal, Papi, er hat durch die Einträge in den Logbücher
uns negativ dargestellt", regte sich Hannah auf.

„Bleib mal ruhig, Kind. Wir werden ihn schon zu fassen
kriegen."

„Und wenn er jetzt in unserer Nähe ist und uns wieder mit
seinem Spitzel-Mikrofon belauscht? Was dann?"

Die Frage von Schalie war berechtigt.

Der Hauptkommissar nahm Zettel und Stift, die er
mitgebracht hatte, hervor und schrieb folgenden Text:
„Kommuniziert doch einfach mal nur auf diese Art und Weise,
da kann dieser „Kilroy", wie er sich nennt, nicht
mitbekommen, was ihr sagt."

„Oder wir flüstern uns gegenseitig etwas ins Ohr..." warf
Hannah ein.

„Typisch Mädchen", meinte Riegel.

„Hast du eine bessere Idee?" meckerte sie zurück.

„Ja, hab ich wirklich! Wir schnappen den Saukerl und dann ist Ruhe!"

„Wenn wir nur wüssten, warum er gerade hinter uns her ist und nicht bei anderen sein Unwesen treibt."

Hannah´s Fragestellung war mehr als berechtigt.

„Vielleicht hängt es doch mit eurem ersten Fall zusammen. Er könnte mit den Knacki´s verwandt sein. Wäre doch möglich." Hauptkommissar Martins Frage wurde sehr, sehr leise ausgesprochen.

Die Freunde nickten. Sie gingen jetzt zusammen mit Herrn Martin in das Haus der Großeltern. Dort war ein alter Kellerraum. Der war abhörsicher. Ambrosius war noch nicht mit dem Wohnmobil aufgetaucht und sie wollten jetzt Nägel mit Köpfen machen, wie man so schön sagt.

Unten im Keller schaute sich der Hauptkommissar um. „Also, wenn ich in eurem Alter wäre, würde ich mir hier eine Art von Zentrale errichten."

Die Freunde fingen fast auf Kommando an zu lachen.

„Was habt ihr denn?" fragte er irritiert.

„Weißt du, Papa, gut dass das hier kein Schrottplatz ist..."

„Ich verstehe nicht", sagte der Hauptkommissar.

„Musst du auch nicht, Papa, musst du auch nicht. Aber dein Tipp war gut! Vielleicht haben Oma und Opa Schuster noch

ein paar Dinge, die wir für unsere „Zentrale", wie du sie
nennst, gebrauchen können..."

„Hannah, geh mal eben raus, bitte. Wir wollen testen, in wie
weit wir hier Handyempfang haben, ok?" meinte Mac zu ihr.

Hannah nickte und verließ den Raum.

„Leute, schaut mal auf eure Handys..." sagte Riegel, nachdem
er seins schon angeschaltet hatte.

„Total tote Hose!" Kein Empfang! Ein Paradies für Hannah!"

„Hannah, komm wieder rein. Kein Empfang hier drin. Voll das
Funkloch sozusagen!" meinte er.

„Aber... Eine „Zentrale" braucht doch einen Telefon- und
Internetanschluss, oder?" meinte der Hauptkommissar.

„Stimmt. Ob vielleicht dein Opa Internet hat?" fragte Anna.

„Unser Opa und Internet? Spinnst du?" sagte Jo darauf.

„Der hat noch ein Telefon mit Wählscheibe, so ein grünes aus
den 70ern. Da sind unsere Großeltern voll altmodisch."

„Ob eure Großeltern sich wohl dazu durchringen könnten,
sich einen neuen Anschluss zu holen?" fragte Schalie dann.

„Glaub ich nicht", antworte Mac. „Aber ich frag mal,
Moment!"

Dann ging er nach oben.

Fünf Minuten später kam er wieder nach unten.

„Keine Chance. Opa meinte, wir könnten es ja uns auch so
gemütlich machen – ohne Telefon und Internet. Wie in den

guten alten Zeiten eben", meinte Mac und zuckte mit den Schultern.

Hauptkommissar Martin schmunzelte und sagte: „Was hätten wir damals für so einen Raum gegeben! Eine richtige „Bude" sozusagen."

„Papa, wir sind mit Internet und Handys aufgewachsen, das kann man gar nicht vergleichen. Ihr habt Karl May und Tom Sawyer und Huckleberry Finn gelesen und euch Baumbuden gebaut, wie du dass uns immer erzählt hast, als wir klein waren", meinte Anna und grinste.

„Ja, waren das noch schöne Zeiten. Ambrosius kann da bestimmt auch ein Lied von singen", geriet der „Oberulle" ins Schwärmen!

„Naja, kann man nichts machen. Müssen wir es so hinnehmen, wie es ist. Das wird bestimmt der Lieblingsraum von Hannah werden, gell?" sagte Schalie.

Hannah errötete leicht, lächelte aber.

„Hier könnt ihr wenigstens alles besprechen, ohne abgehört zu werden", warf Herr Martin ein.

„In der Tat! Wir sollten uns den Raum gemütlich machen. Aber „Zentrale" ohne Internet und Telefon passt nicht. Wie wäre es mit Bunker? Klingt doch irgendwie passend, oder?

Die Freunde nickten und der neue Name war gefunden worden!

An diesem Tag trugen sie einige Dinge in den Bunker, die Oma und Opa Schuster nicht mehr benötigten.

Der fast 40 m² große Raum füllte sich langsam ein wenig. „Leute, am Wochenende ist wieder der riesige Flohmarkt zwischen Wörishofen und Türkheim. Was meint ihr, sollen wir dort kruschteln gehen?" fragte Mac.

„Geile Idee!" gab Schalie seine Freude kund.

„Ambrosius wird euch bestimmt fahren wollen, oder? Was meint ihr, wenn ich privat auch mit komme? Ich suche noch rare alte Schallplatten."

„Papa, du musst langsam auch in der heutigen Zeit ankommen. Musik packt man auf einen USB-Stick oder sein Handy, meinetwegen auch noch auf CD's. Aber Schallplatten...? Das ist doch voll steinzeitmäßig..."

Anna kritisierte gerne ihren Vater, aber nur bis zu einem gewissen Punkt. Sonst wurde er sauer und dann gab es Probleme. Die schlimmste war, einen Tag lang weder Handy, noch Internet, noch TV benutzen zu dürfen.

„Frollein, gelbe Karte" sagte er nur. Bei Rot gab es einen Tag Abstinenz. Das war für viele junge Leute schlimmer als eine Fastenkur...

„Heute Abend legen wir „Kilroy" eine Falle..." meinte Riegel und grinste. „Ich hab da schon eine nette Idee!"

Sie besprachen alles und dann ging es nach draußen, wo sie bewusst laut sprachen, damit „Kilroy" es hören konnte. Zumindest hofften sie das...

„Kilroy" wird gejagt

„Leute, wollen wir heute an den Baggersee gehen? Ist doch total heiß und ich könnte ne Abkühlung gebrauchen", meinte Anna in die Runde.

Genau in dem Moment kam Ambrosius zu Fuß zu ihnen auf das Grundstück gelaufen.

„Was ist los, alter Hippie?" fragte Mac scherzhaft.

„Mir ist nicht nach Hippie zumute", grollte Ambrosius.

„Du, zu Fuß ohne Womo?" fragte jetzt auch Anna.

„Unser Womo ist sabotiert worden. Aus allen vier Reifen wurde etwa die Hälfte der Luft abgelassen. Alle vier Reifen per Fußpumpe aufzupumpen war mir doch zu anstrengend. In dem Fall hätte ich gerne ein Handy gehabt, um euch anzurufen."

Der „Oberbulle" hörte es auch und meinte: „Ich fahre euch schnell hin. Wir können uns ja abwechseln mit dem Aufpumpen."

So geschah es. Die knapp zwei Kilometer bis zum Standort des Wohnmobils waren schnell erreicht. Abwechselnd wurden die Reifen nach und nach aufgepumpt.

„Ob das wohl „Kilroy" war?" meinte Hannah.

„Kannst du dir einen anderen dafür vorstellen?" antwortete Riegel und öffnete aus Frustration einen neuen Müsli-Riegel.

„Das du immer nur ans Fressen denken musst", meinte Jo.

„Mit gefülltem Magen denke ich halt besser", antwortete er.

„Also Leute, dass wird langsam nicht mehr lustig", meinte der Hauptkommissar. „Jungenstreiche sind das auch nicht mehr. Bald muss wirklich die Polizei eingreifen, wie es momentan aussieht. Ich habe ja noch einige Tage Urlaub. Ich könnte euch zivil unterstützen, was meint ihr?"

Die Freunde waren einverstanden.

„Sagt mal, ihr Lieben", mischte sich jetzt Ambrosius ein. „Könnte ich unser Wohnmobil nicht vorläufig bei Opa Schuster in der Scheune abstellen? Da ist doch Platz ohne Ende. Was meint ihr?"

Die Idee wurde gut aufgenommen. Sie meinten, dass „Kilroy" sie hier nicht abhören konnte, da die Fahrt mit Herrn Martins Auto doch flugs vonstattengegangen war.

„Geht ihr ruhig zum Baggersee schwimmen. Ich hab noch einiges zu tun. Heute Abend können wir weiteres besprechen", meinte Herr Martin.

Ambrosius fuhr die Freunde zum Baggersee und blieb aber am Auto sitzen, damit nicht wieder etwas vorfallen konnte. In der letzten Nacht hatte er schlecht geschlafen und war daher immer noch etwas müde. Ein kleines Nickerchen täte ihm jetzt bestimmt gut!

Die Freunde tummelten sich, wie viele andere Menschen auch, im Wasser. Ambrosius setzte sich in seinen Klappsessel und davor einen Sonnenschirm. Dann duselte er langsam ein.

„Das ist ja wohl die Höhe!" rief Mac aus. Ambrosius schreckte aus seinen Träumen hervor!

„Was...äh...was ist denn passiert?" fragte er noch leicht schlaftrunken.

„Dein Shirt, Hippie! Es war mal weiß. Jetzt ist „Kilroy´s" Fratze drauf verewigt. Er muss dich besprüht haben, während du geschlafen hast. Wenn wir nur wüssten, wie er aussieht..."

Mac war wütend!

Er holte die Freunde und sie überlegten, was zu tun sei. Bestimmt war er noch in der Nähe! Hier lagen doch drei Caches in erreichbarer Entfernung!

„Leute, wir sagen jetzt laut, dass wir den Cache auf dem Hügel angehen wollen. Der ist schon lange auf meiner Wunschliste, aber irgendwie hatte es bisher nie geklappt!"

Macs Ausführungen gefielen den Freunden.

Laut unterhielten sie sich über den Cache. Sie meinten, Schalie sollte als Verstärkung bei Ambrosius bleiben, falls „Kilroy" auf dumme Gedanken kommen würde...

Zu Fuß machten sie sich mit der notwendigen Cacher-Ausrüstung auf den Weg. Die Koordinaten des Caches hatte Riegel schnell in sein Navi getippt. Als sie nur noch wenige Meter vom Cache entfernt waren, stolperte Hannah und schrie vor Schmerzen auf!

„Au! Mein Bein!"

Die Freunde kümmerten sich um ihre Mitstreiterin. Zum Glück war nichts gebrochen.

Mit etwa 10-12 Minuten Verspätung gelangten dann Riegel und Mac zum Cache. Die drei Mädels warteten bei Hannah´s „Umknickstelle".

Riegel öffnete die Dose, nahm das Logbuch hervor und staunte nicht schlecht!

Dort stand: „Vor euch, ihr Pappnasen!" Und dann war das „Logo" von „Kilroy" dort hastig hingezeichnet mit grünem Filzstift.

Riegel trug die Freunde ein, packte alles wieder weg und flüsterte Mac ins Ohr: „Der muss hier noch irgendwo sein."

Mac nickte und sie gingen zum höchsten Punkt des Hügels. Da sahen sie eine Gestalt relativ zügig den Abhang hinuntergehen. Mac, der sein Fernglas dabei hatte, reagierte sofort. Er richtete es auf den Mann, der da sich bemühte, wegzukommen.

„Das ist „Kilroy", meinte er zu Riegel. „Ich hab ihn genau im Visier. Er trägt eine kurze blaue Jeans, ein rotes Shirt, hat dunkelbraune, kurzgeschnittene Haare, wie es aussieht, hat Turnschuhe an und ist schätzungsweise etwas kleiner als ich. Hinterher!"

Dann lief er los und Riegel rannte zu den Mädels, gab kurz Bescheid und folgte dann seinem Freund.

„Kilroy" merkte erst sehr spät, dass er verfolgt wurde. Doch als er es sah, lief er nicht mehr Richtung Baggersee, sondern in die entgegengesetzte Richtung.

Mac holte auf! Es waren schätzungsweise noch etwa 300 Meter, die ihn von seinem „Erzfeind" trennten.

Er griff in die Hosentasche, holte sein Handy hervor, drückte
Schalie´s Nummer und lief weiter. Mit dem Handy am Ohr,
wurde der Abstand zu „Kilroy" wieder größer. Endlich war
Schalie dran. „Bin hinter ihm her, etwa 300 Meter vor mir.
Komm raus. Entgegengesetzte Richtung des Baggersees." Da
drückte er die Verbindung weg und lief wieder etwas
schneller.

Da sah er Schalie um die Ecke kommen und deutete mit dem
Arm Richtung „Kilroy". Schalie verstand es und lief auch in die
Richtung. Er holte bald stark auf, denn erstens war er der
schnellste Junge der Schule im Wettrennen und zweitens
noch nicht so ausgepowert wie Mac und „Kilroy".

Doch sie hatten Pech! Gerade in dem Moment, kam der Bus
an die Haltestelle gefahren und „Kilroy" sprang hinein!

Als die Freunde die Bushaltestelle fast erreicht hatten, fuhr
der Bus wieder los! „Kilroy" war ihnen entwischt!

Die Freunde gingen zurück zu den Mädels und es stellte sich
heraus, dass Hannah den Fuß wieder belasten konnte.
Langsam gingen sie zurück zum Wohnmobil, wo Ambrosius
schon neugierig auf sie wartete.

Mac, der in Kunst immer eine Eins hatte, fertigte ein
„Phantombild" von „Kilroy" aus der rückwärtigen Sicht an.

Sie riefen den „Oberbullen" an und erklärten kurz den
Sachverhalt.

Etwa eine Stunde später trafen sie sich im „Bunker" zur
Besprechung.

Auf dem Flohmarkt

„Ich bin der Meinung, dass dieser „Kilroy" noch nicht so alt ist. Vielleicht zwischen 15 und 20 Jahren etwa", meinte Mac.

„Der flitzte ganz flott", sagte auch Schalie. „Aber ich holte immer mehr auf. Wäre der blöde Bus nicht gekommen, hätte ich ihn geschnappt und dann hätte er ne Tracht Prügel von mir eigenhändig verpasst bekommen."

„Hugh, ich habe gesprochen, fehlt da noch als Ergänzung", witzelte Anna.

„Nee, ich meine das Ernst, Anna."

„Ja, ich weiß doch, Schalie. Ich wollte nur die Situation etwas entspannen."

Die Freunde schmunzelten.

„Fahren wir jetzt morgen zum Flohmarkt, oder nicht?" fragte Hannah ihren Papa.

„Ich fahre schon. Wollt ihr in meinem VW Bus mitfahren, Kinder?"

Die Freunde schauten sich an.

„Gerne", sagte Ambrosius, „dann hab ich morgen einen freien Tag."

„Abgemacht!"

Am nächsten Morgen fuhren die Freunde mit Herrn Martin schon um sechs Uhr morgens los. Sie wollten ja schließlich

Schnäppchen machen. Die Schlange vor dem Parkplatz war immens! Sie waren nicht über die Autobahn gefahren, sondern den Schleichweg am Vergnügungspark vorbei. Trotzdem brauchten sie geschlagene 22 Minuten, bis sie endlich auf ihrem zugewiesenen Parkplatz standen.

Sie verabredeten, dass sie sich um 11 Uhr treffen wollten und zwar, wieder am Auto. Sollte etwas Unvorhergesehenes geschehen, wollten sie sich per Handy anrufen.

Herr Martin freute sich auf seltene Schallplatten und die Freunde auf ein spannendes Abenteuer!

Die ersten Reihen hatten nichts Ansprechendes für die Geocaching-Kids zu bieten, aber in der vierten Reihe meinte Schalie plötzlich: „Schau mal, Mac, das wäre doch eine super Möglichkeit für einen eigenen Cache. Diese Dose da hat ein Geheimfach drin. Echt klasse, gell?"

„Ah, ihr seid Geocacher", sprach sie ein Mann an, der direkt neben ihnen gestanden hatte. Mac und Schalie musterten ihn. Er trug eine ausgefranste lederne Weste, eine Art Hippie-Hut und Mokassins an den Füßen.

Mac, der einen Hippie in ihm erkannte antwortete ganz frech: „Wie kommste denn darauf, Alter?"

„Ich cache auch, verstehste?"

„Wie alt bist du denn? Den Hippieklamotten nach über 40, aber dem Aussehen nach etwa 30 Jahre."

Der Angesprochene grinste fröhlich. „Ich bin 32 Jahre alt und seit 10 Jahren Cacher. Ich kenne mich aus und erkenne Cacher-Kollegen sofort!"

Sie unterhielten sich noch eine Weile und Schalie kaufte zwischendurch die Dose für „eine Eurone", wie er es nannte.

Sepp, der Cacher-Kollege, freute sich, sich mit gleichgesinnten, jungen Leuten austauschen zu können.

Plötzlich meinte Mac: „Da brat mir doch einer nen Storch! Der Typ da vorne sieht den Klamotten und dem Aussehen nach aus, wie unser Erzfeind…"

Weiter kam er nicht, denn Schalie reagierte sofort und lief auf den jungen Mann zu, packte ihn am Arm und riss ihn herum.

„Was soll das?!?" empörte sich der junge Mann und schaute mit einem Ausdruck von Überraschung Schalie an.

Dieser stoppte den Angriff. Schalie hatte ihn schon losgelassen und nicht damit gerechnet, was dann passierte.

Der junge Mann trat Schalie mit voller Wucht vor das rechte Schienbein und lief dann lachend davon.

„Er ist es, der Saukerl! Aua, tut das scheiße weh!" sagte Schalie schmerzverzehrt.

Mac und Sepp hatten die Szenerie mittlerweile erreicht und Mac schaute sich um. Dann fragte er in die Menge: „Hat das zufällig jemand gefilmt oder fotografiert? Der Mann ist ein gesuchter Täter."

Ein etwa 16-jähriges Mädchen meldete sich und sagte: „Ja, ich. Wieso?"

„Zeig mal bitte." Meinte Mac.

Die Blondine kam auf Mac zu und hielt ihm ihr Smartphone
hin.

„Bitte schau selbst." Sagte sie.

Das Video, welches sie aufgenommen hatte, war 13 Sekunden
lang und zeigte genau die Szene, wo „Kilroy" Schalie vors
Schienbein trat und danach weglief.

„Bingo! Wir haben sein Gesicht!" jubelte Mac triumphierend.

„Kann ich mir das Video kopieren? Ich brauche es für die
Polizei."

Das Mädchen nickte und sagte: „Klar."

Das Kopieren über Bluetooth dauerte nur wenige Sekunden.

„Danke. Äh… Wie heißt du eigentlich?" fragte Mac.

„Sara, aber ohne „H"." sagte die Blondine und schmunzelte
dann.

„Ich bin Anton, aber alle nennen mich nur Mac."

„Wieso das denn?" fragte Sara.

„Kennst du etwa nicht MacGyver?"

„Nee. Nie von gehört. Wer ist das?"

„Mein Vorbild aus den 80-er Jahren. So ein Allrounder. Kann
einfach alles." Gab Mac als Antwort.

„Aha."

„Mehr fällt dir dazu nicht ein?" Übrigens, ich mag dein
Lachen."

Sara errötete leicht und sagte dann: „Danke Mac."

Sie wollte gerade gehen, als Mac sie noch einmal ansprach.

„Gib mir doch bitte deine Nummer, falls die Polizei noch einen Zeugen braucht."

„Ja, ok." sagte Sara und Mac tippte die vorgelesene Nummer in sein Handy ein.

„Auf bald." sagte er zu ihr, als sie langsam losging.

„Ja." antwortete sie und warf ihm noch einmal einen Blick zu.

„Alter Schwede, du gehst aber ganz schön ran, Mac. Das muss man dir lassen. Alle Achtung! Wie du an ihre Handynummer gekommen bist: Respekt!" Riegel war richtig erstaunt.

Sepp, der das ganze Szenario mitbekommen, aber bisher geschwiegen hatte, äußerte sich jetzt dazu: „Wenn du magst kannst du mich auch aufklären, was das Ganze sollte."

Mac scharrte die Freunde um sich und zusammen mit Sepp setzten sie sich an einen Tisch, wo es Getränke gab.

Gerade als Hannah fragte, wer denn was trinken möchte, meinte Sepp: „Ich geb ne Runde Apfelschorle oder Wasser aus. Ist das ok?"

Die Freunde waren einverstanden. Besonders Riegel, die alte Rülpskanone.

Als sie ihre Getränke vor sich stehen hatten, erklärten sie Sepp einiges über die Vorfälle mit „Kilroy".

Nachdem sie geendet hatten, meinte Sepp nur seufzend: Oh je, oh je! Soll ich euch helfen? Der bringt ja das ganze

Geocaching in Verruf. Das geht natürlich nicht. Wir machen das ja aus Spaß an der Freude."

Sie beratschlagten sich noch, wie es weitergehen sollte, als plötzlich Anna´s Handy klingelte: „Hallo?" sagte sie. „Ach, du bist´s Papa. Ja, ist gut. Wir kommen zum Eingang. Bis gleich."

Hauptkommissar Martin wartete schon gespannt auf die Kinder.

Als sie endlich eintrafen, sprach er sie sofort an: „Stellt euch vor. Ich hab eben einen Typ mit nem „Kilroy"-T-Shirt gesehen…"

Bevor er weiterreden konnte, hielt ihn Mac sein Handy vor die Nase und sagte: „Er wurde gefilmt."

Dann startete Mac die kurze Aufnahme.

„Das ist der junge Mann. In der Tat." bestätigte der Hauptkommissar.

Danach sagte er ironisch: „Das ich das mal erleben werde, dass Schalie ungestraft geschlagen wird."

Schalie fühlte sich in seiner Ehre gekränkt und antwortete jetzt: „Sie kennen ja nicht die Vorgeschichte, Herr Martin. Ich hatte ihn schon gestellt. Doch dann hatte er mir unfairerweise vors Schienbein getreten, was sonst nur Mädchen machen."

Der Hauptkommissar fing an zu schmunzeln; über die Art und Weise, wie Schalie sich versuchte zu rechtfertigen.

Kommen wir zu etwas Erfreulichem: „Wir wissen jetzt, wie er aussieht und das ist ein großer Vorteil. Auf dem kurzen Video trägt er eine blaue Strickjacke, doch als er enttarnt wurde, zog er sie aus und lief nur noch mit dem T-Shirt herum. Sein Pech war, dass ich das „Kilroy-Logo" erkannte und euch benachrichtigen konnte. Da er mich nicht sah, denke ich, dass er noch auf dem Flohmarkt ist, denn hier ist der einzige Ausgang und er ist nicht an mir vorbeigekommen."

„Sollen wir ihm hier auflauern?" fragte Hannah.

„Das ist eher sinnlos. Wo soll man sich denn hier verstecken?" meinte Schalie.

Sie vereinbarten, dass drei von ihnen den Flohmarkt noch einmal absuchen wollten und der Rest beim Ausgang blieb.

Sepp, der neue Geocaching-Bekannte, unterhielt sich derweil mit Mac, der beim Hauptkommissar am Eingang geblieben war.

„Also, das ist ja ein starkes Stück, was dieser „Kilroy" da mit euch gemacht hat. Echt heftig!" meinte der Hippie-Sepp, nachdem er alles gehört hatte.

„Herr Hauptkommissar", sprach er dann Herrn Schuster an. „Ist da polizeilich nichts zu machen?"

„Noch ist es eine Art Grauzone. Man kann schon was machen, aber ich denke, es wäre sinnvoller, wenn der junge Mann gefasst wird und wir dann etwas über die Hintergründe seines Tuns erfahren können. Es muss ja schließlich auch einen Grund dafür geben."

„Höchstwahrscheinlich schon", antwortete Sepp.

Eine Stunde später kamen die drei Freunde zurück zum Ausgang.

„Und?" fragte Schalie.

Mac schüttelte den Kopf. „Nada, niente, nix, Fehlanzeige."

„Sollen wir etwa bis heute Abend hier warten?" fragte
Hannah ihren Vater.

„Das müsst ihr entscheiden. Ich habe drei seltene Scheiben
von den Beatles bekommen. Ich bin restlos glücklich",
antwortete der Angesprochene.

„Ich bin bereit, noch zwei Stunden mit euch über unser
gemeinsames Hobby zu sprechen. Ich bringe euch auch nach
Mindelheim zurück", meinte Hippie-Sepp und schaute Mac
dabei an.

„Gut, dann bleiben zwei von uns hier und der Rest kann ja mit
Herrn Schuster nach Hause fahren. Ist das ok?" fragte Mac in
die Runde.

Die Freunde waren einverstanden. Schalie bot sich an, auch
noch dort zu bleiben und die Umgebung zu sondieren.

Sie warteten der Dinge, die da geschehen sollten...

Ablenkung durch Geocaching

Drei Stunden später hatte Sepp die Freunde sicher in Mindelheim abgeliefert. Sie hatten nichts mehr von „Kilroy" gesehen.

Da sie aber die Aufnahme mit seinem Gesicht hatten, konnte er ihnen in Bälde nicht mehr so schnell durch die Lappen gehen – und: Sie waren vorbereitet!

Riegel machte mit seinem Bildbearbeitungsprogramm eine gescheite Bearbeitung von „Kilroy´s" Kopf und dann druckte er es zehnmal aus.

Gerade als er fertig war, kam eine Mail herein.

„Cool! Ein neuer Multi-Cache. Nur 5 km von uns entfernt!" Riegel freute sich und öffnete gleich wieder einen der süßen Müsli-Riegel, damit er vor Freude ihn verspeisen konnte.

„Leute, ein neuer Cache! Der sollte uns ablenken!" sagte er ins Handy, nachdem er Schalie angerufen hatte.

15 Minuten später trafen sie sich auf Opa Schuster´s Grundstück.

Ambrosius wollte die Freunde unbedingt fahren.

Die Parkplatz Koordinate war angegeben und nachdem sie diesen erreicht hatten, gingen sie los. Noch war kein Auto weit und breit zu sehen. Naja, ist ja auch sehr schnell gegangen. Vor 20 Minuten war der neue Cache erst gemeldet worden. Es hatte sich gelohnt, dass sie für ein Premium Cache

Abo für 1 Jahr zusammengelegt hatten. So machte es noch viel mehr Spaß!

Das erste Rätsel löste Riegel im Alleingang. Gefragt waren die Meistertitel von Bayern München, er googelte kurz und nannte sie anschließend. Dann musste eine Zahlenkombination richtig herum entschlüsselt werden und auch in dieser Disziplin erwies er sich als brillant.

Doch dieser Kurzmulti bestand aus 2 Teilen und der zweite Teil hatte es in sich!

„Was ist das denn?" fragte Anna ratlos, als sie vor dem Gebilde standen.

„Sieht nach Rot 13 aus", prahlte Schalie.

„Rot 13? Im Ernst?" fragte Jo.

„Kann mal einer von euch gescheiten Kerlen sagen, was das ist?" meinte Hannah.

„Also: Bei Rot 13 handelt es sich um eine coole Verschlüsselungstechnik, bei dem alle 26 Buchstaben des Alphabets total untereinander vertauscht sind. Ich glaube, der Name Rot kommt von „Rotation" und soviel ich weiß, steht die Zahl 13 für die Stellenverschiebung der Buchstaben."

„Hä?" meinte Hannah. „Geht´s noch komplizierter?"

„Ist leichter, als du denkst. Man muss nur die Buchstaben wieder um 13 Stellen im Alphabet verschieben. Ich hab ja zum Glück meinen Geocoin Schlüsselanhänger immer dabei und da ist ein Rot 13 Decoder dabei. Clever, gell?"

„Wie cool ist das denn? Du bist echt ein Fuchs, lieber Anton, äh, ich meine Mac, natürlich!"

„Jetzt müssen wir aber erst die Fragen lösen", meinte Anna.

„Jepp! Bin zur Stelle", prahlte Riegel, während er noch die Reste seines Müsli-Riegels kaute.

Fünf Minuten später hatte er die Antworten parat.

„Total easy! War nur „Neue Deutsche Welle" Mukke. Kenne die aus dem Effeff von meinen Eltern. Die dudeln das regelmäßig."

„Bei fünf Sekunden pro Lied hast du es rausgekriegt? Wow! Extrem krass!" meinte Schalie anerkennend.

„Na ja, „Der Kommissar" von Falco war mega easy, Nenas „99 Luftballons" auch, „Carbonara" von Spliff kann ich schon nicht mehr hören, „Der goldene Reiter" von Joachim Witt ist schließlich ein Ohrwurm und zuletzt „Sternenhimmel" von Hubert Kah, war auch leicht zu erraten. Ich müsste auf den Erfolg jetzt einen Riegel mampfen."

„Untersteh dich!" Anna hatte es laut gesagt. „Erst schauen, ob es stimmt, dann loggen und dann mampfen, ok?"

Riegel nickte.

Mit Hilfe von Mac´s Rot 13 Decoder gelang es das Schloss zu öffnen.

Sie hatten für Cacher etwas Wunderbares geschafft!

Ihr erster „FTF", also First Time Found! Sie waren stolz wie Oskar!

„Ob „Kilroy" den auch versucht?" fragte Riegel.

„Erwähne doch bitte nicht seinen Namen! Es war bisher so schön gewesen!" Anna schaute dabei etwas ärgerlich.

Sie hatten alles wieder ordnungsgemäß verpackt und bemühten sich auch, keinen sogenannten „Cacher-Trampelpfad" zu hinterlassen.

Als sie das Wohnmobil erreichten, signalisierten sie Ambrosius mit dem Daumen hoch, ein Zeichen, dass es geklappt hatte.

Doch als sie das Wohnmobil erreicht hatten, war Ambrosius nicht zu sehen.

Das Auto war offen, der Schlüssel steckte sogar, aber Ambrosius war weit und breit nicht zu sehen.

Die Freunde riefen seinen Namen, auch seinen Spitznamen, aber Ambrosius blieb verschwunden...

Wo ist Ambrosius?

Die Freunde suchten überall, aber er war nicht zu finden.

„Ruf den „Oberbullen "an, Anna", meinte Mac. Er soll
herkommen.

„Rede nicht so von meinem Vater", meinte sie grimmig.

„Schon gut, ruf ihn endlich an. Wir brauchen seinen Rat! Gut,
dass er noch Urlaub hat!"

Anna telefonierte mit ihrem Vater und der ließ sich genau
erklären, wo die Freunde jetzt waren. In der Nähe des Waldes
war ein großes Schild und das kannte Herr Martin gut.

Keine zehn Minuten später war er bei den Freunden
angekommen.

„Vielleicht hatte er ein dringendes Bedürfnis zu erledigen mit
längerer Sitzung und wollte es nicht im Wohnmobil tun",
meinte der Hauptkommissar.

„Dann wäre er doch schon längst wieder zurück, Papa", sagte
Hannah zu ihrem Vater.

Plötzlich kam ein Auto angefahren.

Die Typen, die ausstiegen, wurden von den Freunden direkt
als Cacher identifiziert.

„FTF ist schon weg, Kollegen", meinte Schalie. „Wir sind schon
fertig. Kennt ihr euch mit Rot 13 aus?"

Einer der Cacher nickte.

„Gut. Dann viel Erfolg!" meinte Schalie.

„Ach, Entschuldigung!" warf Herr Martin plötzlich ein. „Haben sie einen älteren Mann mit Vollbart und längeren Haaren gesehen? Er ist unser Fahrer und plötzlich verschwunden!"

Die Cacher schüttelten den Kopf.

„Lasst uns den Wald großflächig absuchen. Lampen habt ihr ja genug an Board. Ich werde das Womo abschließen und den Schlüssel an mich nehmen. Sollte Ambrosius zurückkommen, legen wir ihm einen Zettel sichtbar von innen aufs Armaturenbrett, damit er Bescheid weiß."

Die Freunde teilten sich in zwei Gruppen auf und alle schalteten ihre Handys an.

Alle 10 Minuten wollten sie gegenseitig Meldung machen.

Mac und Schalie hatten die Zwillinge dabei und die andere Gruppe bestand aus Herrn Martin, Jo und Riegel.

Der normale Weg in den Wald führte vom Cache, den sie vorhin gegangen waren, weg. Es wurde immer dunkler. Ein typischer Tannenwald!

Immer wieder riefen sie nach Ambrosius!

Mac's Gruppe hatte einen anderen Abzweig genommen und konnte auch immer weiter in den Wald vordringen.

Bei beiden Teams waren vor der Suche noch die GPS Daten des Wohnmobil Standortes genommen worden, so dass sie immer wieder dorthin zurückfinden konnten.

Plötzlich hörte Mac ein Wimmern.

„Was war das?" fragte jetzt auch Schalie.

„Keine Ahnung... Vielleicht der alte Hippie?" antwortete Mac und zuckte mit den Achseln.

Sie folgten der Richtung, aus der das Wimmern kam und riefen auch weiterhin im dreißig Sekunden Takt seinen Namen.

Sie lauschten wieder. War da was? Das Wimmern wurde lauter! Jetzt begann Mac zu laufen! Nichts konnte ihn mehr aufhalten!

Das Wimmern wurde jetzt ein Jammern!

„Hier! Hier ist was!" rief er seinen Freunden zu.

Mac leuchtete die Szenerie aus: Vor ihnen war eine Grube, die etwa drei Meter tief war und in ihr lag: Ambrosius!

„Wie ist das denn passiert?" fragte Mac den Freund.

„Das war „Kilroy"", sagte Ambrosius gequält. „Ich hab heftige Schmerzen und das Bein tut mir weh", sagte er.

„Wir holen dich da raus, noch etwas Geduld!" meinte Schalie, während Mac bei der anderen Gruppe anrief und ihren genauen Standort durchgab.

Nach gefühlten 20 Minuten, die aber in Wirklichkeit nur neun waren, hatte die Gruppe von Herrn Martin die Freunde gefunden.

„So ein GPS-Signal ist was feines, Kinder", meinte Herr Martin, „ich werde mir auch eins zulegen, ist ganz praktisch!"

„Tun sie das, Herr Hauptkommissar", sagte Riegel und
strahlte.

Es dauerte noch eine ganze Weile, bis die Freunde Ambrosius
aus der Grube herausgezogen hatten. Mac war vorsichtig in
die Grube geklettert und hatte Ambrosius, der schlecht
auftreten konnte, das Seil, welches er als Cacher immer dabei
hatte, um den Körper gelegt. Er half von unten mit, den
schweren Kraftprotz heraus zu bugsieren.

Als alles geschafft war, wurde Ambrosius abwechselt gestützt,
bis sie endlich das Wohnmobil erreicht hatten.

Was ist denn geschehen?" wurde Ambrosius mit Fragen
überhäuft.

„Also: Ich wartete so auf euch und hatte leise das Radio
laufen, denn ich wollte die Nachrichten hören, als ich plötzlich
meinte, „Kilroy" zu sehen. Ich bin raus aus dem Womo und
sprach ihn an. Er gab plötzlich Fersengeld, äh, wie heißt das
noch bei euch? Ach ja: Er nahm Reißaus und ich hinterher. Ich
bin zwar noch recht flott unterwegs für mein Alter, aber ich
schaffte es nicht, ihn einzuholen. Plötzlich gab der Boden
unter mir nach und ich lag mit schmerzendem Bein in der
Grube. Es tat so dermaßen weh, dass ich nur wimmern und
nicht schreien konnte. Außerdem musste ich Energie und
Kraft sparen. Fährst du mich ins Krankenhaus, Axe?" fragte
Ambrosius den Hauptkommissar.

Alois-Xaver Martin, von seinen Freunden nur „Axe" genannt,
sagte sofort zu.

„Blöd, dass ich noch keinen Führerschein habe", meinte Mac,
„dann könnte ich unser Womo jetzt heim fahren."

„Das Womo holen wir nachher oder morgen ab. Ambrosius muss erst mal nach Mindelheim ins Krankenhaus. Wie gut, dass ich genügend Sitzplätze in meinem Bulli habe. So´n 9-Sitzer ist hin und wieder ganz praktisch.“

Alle stiegen in den T4 VW Bus und ab ging es Richtung Mindelheim Innenstadt.

Ambrosius´ Bein wurde geröntgt und es wurde festgestellt, dass nichts gebrochen, aber es verstaucht war und eine Delle abbekommen hatte. So etwas nannte man Glück im Unglück!

Über Nacht sollte er im Krankenhaus bleiben.

Herr Martin brachte die Freunde nach Hause und fuhr dann mit seinen Mädchen selbst nach Hause, um seine Frau zu holen, damit sie dann seinen T4 nach Hause fahren konnte, während er das Wohnmobil zu Opa Schuster chauffieren wollte.

Genauso wurde es auch getan.

Danach waren alle müde und gingen schlafen.

Riegel hatte es sich nicht nehmen lassen, den „TFT“ noch am Abend zu loggen.

Er bekam große Augen, als er den Cache loggen wollte und dort stand: „Ich bin der Beste! Ätschibätsch! Kilroy was Nummer One!“

Riegel musste seine Wut unterdrücken!

Er schrieb unter den Eintrag: Dieser Eintrag ist Fake! Wir, das Team „GCKA, Geocaching-Kids Allgäu, haben den „FTF“ errungen. Siehe Foto anbei!“

Riegel hatte glücklicherweise den Logbuch Eintrag
fotografiert, da es ihr erster „FTF" war. Mal sehen, was die
Geocaching Aufsicht davon halten würde...

Er machte sie darauf aufmerksam!

Danach ging er auch ins Bett, aber „Kilroy" verfolgter ihn bis
in seine Träume hinein.

Riegel wälzte sich hin und her und endlich fiel er auch in
tieferen Schlaf, den er dringend benötigte, denn es war schon
halb zwei Uhr nachts.

„Kilroy" flippt aus!

Am nächsten Morgen schaute Riegel aus seinem Fenster. Es war schönes Wetter! Er öffnete den Laptop, der auf seinem Schreibtisch stand und schaute nach, ob es schon Resonanzen von der Geocaching Seite gab – bezüglich des Vorfalls gestern Abend.

Tatsächlich hatte er eine Rückantwort bekommen: Dort stand, dass sie sich um den Fall kümmern werden.

Riegel fuhr den „Läppie" herunter, wie er ihn liebevoll nannte und seine Mutter meinte, als er aus dem Haus gehen wollte, er solle doch etwas frühstücken.

„Keinen Hunger, Mom!" Ich hab doch einige Riegel dabei..." Seine Mutter brummelte etwas und schüttelte nur den Kopf.

Eine Apfelschorle, die im Flur stand, ergriff er im Vorbeigehen und öffnete die Tür!

Er trat nach draußen und wollte, gerade die Türe schließen, als ihm vor Schreck die Apfelschorle aus der Hand fiel. Zum Glück war es nur eine Kunststoffflasche, die dadurch heile blieb.

An der Tür stand mit Wachsmalkreide gemalt: „Kilroy was here. Du dreckiges Arschloch und Verpetzerschwein!"

Riegel war außer sich vor Wut!

„Mom, kommst du mal?" rief er ins Haus. Dann schloss er die Tür und fotografierte zuerst die Verunglimpfung und danach filmte er es mit Zoom.

Riegel´s Mutter sah die Schweinerei und wurde wütend!

„Wem hast du da einen Streich gespielt, mein Sohn?" sagte sie erbost.

„Keinem! Der Typ nervt uns schon die ganze Zeit! Hauptkommissar Martin ist eingeweiht!"

„Oh, der Hauptkommissar persönlich? Hat der denn für so etwas Zeit?" fragte seine Mutter.

„In dem Fall schon, denn er hat Urlaub und wenn Anna und Hannah, die zwei süßen Mädels auch involviert sind..."

„Na, höre ich da eine leichte Verzückung aus deiner Stimme", meinte seine Mutter plötzlich.

„Quatsch! Das sie hübsch sind ist halt eine Tatsache. Für ne Freundin bin ich noch viel zu jung. Ist nur stressig. Ne, da warte ich lieber noch´n paar Jahre mit."

„Wenn du gescheit bist, Bua", meinte seine Mutter.

Riegel rief bei den Martin´s an und fünf Minuten später kamen sie vorgefahren. Herr Martin wollte gerade das Auto waschen fahren, aber das hatte Vorrang!

„Was ist denn gestern noch passiert?" wollte er von Riegel wissen.

„Moment! Ich bin noch nüchtern!" Dann holte er einen Müsli-Riegel raus, biss hinein und mampfte genüsslich.

Herr Martin hatte Geduld, denn er kannte Riegel nur zu genau.

„So Herr Hauptkommissar, ich sage ihnen mal, was vorgefallen ist...“ und dann erzählte er alles genauso, wie es abgelaufen ist.

„Dieser „Kilroy“ scheint einen Anschiss heftigster Art vom eurem Geocaching-Anbieter bekommen zu haben. Sonst wird man nicht so wütend!“ meinte er.

„Aber woher wusste er, dass ich es war und nicht einer der anderen?“ fragte Riegel jetzt.

Er hat dich vielleicht belauscht. Du warst wohl am längsten auf und wer weiß: Vielleicht hatte er seinen „Lauschangriff“ bei dir schon gestartet und du hast vielleicht mit dir selbst geredet, wie du es ja häufig tust.“

„Hmm... Könnte sein. Ich brabble tatsächlich öfters mit mir herum... So was Blödes aber auch!“ schimpfte Riegel.

„Wenn die Schmiererei weggeht, haben wir ja nochmal Glück gehabt“, meinte Riegel´s Mutter. „Darf ich jetzt putzen, Herr Hauptkommissar? Ich möchte nicht, dass das die Nachbarn sehen. Sie verstehen schon, oder?“

Der Hauptkommissar gab grünes Licht, nachdem ihm Riegel gesagt hatte, dass er die „Sauerei“ fotografiert und gefilmt hatte.

Frau Fischer, Riegels Mutter, hatte schnell warmes Wasser und Essig zur Hand und glücklicherweise ließ sich die Schmiererei entfernen.

Der nächste Schock saß tief: Ambrosius kam mit seinem Wohnmobil zu Opa Schuster gefahren. Er hatte den Rat nicht angenommen, es dort in der Nacht unterzustellen. Es war mit

Farbe besprüht worden und dort stand: „Eine Petze ist echt das Letzte... Kilroy was here".

Dazu war noch sein Glatzkopf mit dem riesigen Zinken ebenfalls zu sehen.

Ambrosius war richtig wütend! Opa Schuster rief bei Mac und dann bei Riegel an. Eine Viertelstunde später trafen sie sich bei dem Opa auf dem Grundstück.

Auch hier würde die Schmiererei dokumentiert und glücklicherweise war die Farbe wasserlöslich. Alles ließ sich entfernen und man hörte, wie Ambrosius symbolisch ein Stein vom Herzen fiel.

„Herr Kommissar, äh, Hauptkommissar, Entschuldigung", meinte Riegel. „Müssen wir uns das gefallen lassen?"

„Auf gar keinen Fall! Aber der Übeltäter muss erst einmal gefasst werden..."

Da klingelte das Handy des Polizisten.

„Ja, Hauptkommissar Martin?" meldete er sich.

„Herr Hauptkommissar, hier ist Kommissar Schellfisch, ich sollte sie doch benachrichtigen, wenn etwas Außergewöhnliches geschehen ist – trotz ihres Urlaubs", sagte Schellfisch.

„Ja, was ist denn los?" fragte der „Oberbulle".

„Wir hatten einen Burschen geschnappt, der wirres Zeug geplappert hat, immer wieder „Kilroy was here" sagte und ihren Namen rief. Bei der Personenkontrolle ist er uns dann plötzlich entwischt. Er war flink wie ein Wiesel."

Herr Martin nickte im Stillen.

„Danke, dass sie mich angerufen haben, Schellfisch. Wenn es
etwas Neues gibt, können sie mich jederzeit erreichen.
Pfüati.“

Dann drückte er das Gespräch weg.

„Das war Kommissar Schellfisch, ein jüngerer Kollege von mir.
Sie hatten einen verdächtigen jungen Mann geschnappt, der
immer wieder meinen Namen nannte und „Kilroy was here“
sagte.“

„Das ist er!“ meinte Mac und sprang auch.

„Ja, aber er ist meinen Kollegen durch die Lappen gegangen.“

„Leider! Futschikato!“ seufzte Ambrosius.

„Jepp! Aber wenn er uns wirklich dauerhaft schaden will, hört
er uns weiterhin ab und kann versuchen, unsere Caches zu
unterwandern oder auch nur dabei zu stören“, sagte jetzt
Anna.

„Also: Laut und deutlich sprechen, was wir heute vorhaben
und dann schau´n mer mal“, meinte Schalie und grinste breit
danach.

Die Freunde gingen zum Zaun bei Opa Schuster, wo ihre
Überwachungskamera war. Den ersten Teil ihres eigenen
Caches hatte erst einer hier gefunden und sonst war nichts
auf dem Band. Natürlich löschten sie täglich alle Aufnahmen.
Sie hatten die Kamera ja auch nur wegen „Kilroy“ installiert.

Anna drehte sich auf einmal blitzschnell um! Da war doch was
gewesen...

„Ich hab was huschen gesehen. Auf, zukünftiger deutscher Meister im Sprint, flitz ihm nach", sagte Anna und klopfte Schalie auf die Schulter.

Der reagierte sehr schnell und spurtete los.

„Wow! Wie der junge Carl Lewis, super!" meinte Herr Martin anerkennend.

„Wer ist das?" fragte Hannah.

„Kennst du Usain Bolt?" fragte Mac.

„Ja, wieso?"

„Dessen Vorgänger sozusagen..."

„Verstehe..."

Schalie lief, als ginge es um sein Leben! Der Schatten, den Anna war genommen hatte, wurde mehr und mehr real und die Distanz schmolz von Meter zu Meter. Dann bog die Gestalt plötzlich nach links in den Wald ab.

Schalie grummelte. Da konnte er ihn doch schlecht fangen. Er sprang auch durch die vermeintlichen Büsche in den Wald, doch plötzlich taten ihm seine Beine weh! Die kurze Hose, die er trug, wurde ihm zum Verhängnis! Zuerst war er durch eine große Anzahl von etwa 150 cm hohen Brennnesselstauden gelaufen und dann erwischte ihn ein querstehender Ast so ungünstig am Bein, dass es anfing zu bluten.

Schalie war die Lust vergangen!

Als er gerade leicht humpelnd und die Zähne zusammenbeißend den Rückweg antreten wollte, hörte er hinter sich ein gehässiges Gelächter!

Plötzlich änderte sich alles in ihm. „Jetzt reicht´s!" murmelte er in seinen, noch nicht vorhandenen Bart.

Er sprang herum und sah die Person, die so dreckig lachte, keine zehn Meter entfernt. Dem Aussehen nach musste es „Kilroy" sein.

Dieser hatte scheinbar nicht damit gerechnet, dass Schalie so schnell und flink trotz der Schmerzen wieder laufen konnte.

Schalie sprang mit einigen Sätzen auf den plötzlich verdutzt dreinblickenden „Kilroy" zu und bevor der sich versehen konnte, hatte Schalie ihm einen ordentlichen Kinnhaken verpasst. Dieser ließ ihn rückwärts taumeln und Schalie sprang direkt auf ihn zu und trat ihm mit voller Wucht gegen sein rechtes Schienbein.

„Kilroy" schrie auf vor Schmerz!

Schalie packte ihn am Schlafittchen, riss ihn zu sich her und brüllte ihm ins Gesicht.

„Warum, du Scheißkerl?"

Er holte zu einer neuen Watschn aus, da rief „Kilroy" in größter Angst: „Stopp! Tu mir nichts!"

Schalie ließ von ihm locker und ging von seinem Körper leicht zurück.

Aber er hatte nicht mit der Unfairness von „Kilroy" gerechnet, der ihm blitzschnell einen Tritt in die Weichteile versetze und als Schalie sich krümmend nach hinten fallen ließ, sprang er relativ behände auf und lief so gut es ging davon…

Schalie wollte ihm zuerst nach, aber seine Hoden schmerzten derartig, dass das nicht ging. Zudem brannte jetzt die Wunde arg, wo er sich verletzt hatte.

Plötzlich hörte er seinen Namen. „Schalie? Wo bist du!" rief Mac nach seinem Kumpel.

„Hier! Aua!" antwortete der Gerufene.

Mac fand den Freund, der sich halb gekrümmt auf dem Waldboden zwischen Brennnesseln befand.

Schnell erzählte er ihm, was vorgefallen war.

Der Rest der Truppe kam kurze Zeit später zu ihnen und als alle wussten, was geschehen war, lief Mac zurück zu Opa Schusters Haus, denn da wartete noch Hauptkommissar Martin. Der hatte sich seinen Urlaub wahrlich auch anders vorgestellt!

Er folgte Mac in den Wald und gemeinsam stützend, halfen sie Schalie zurück zum Bauernhof von Opa Schuster.

„Ob der vielleicht im Wald eine Art Refugium hat?" fragte Anna in die Runde.

„Ich weiß zwar nicht, was das ist, aber du meinst Versteck oder Rückzugsort, oder?" antwortete Hannah ihrer Zwillingsschwester.

„Ja, so in etwa."

„Das wäre eine gute Idee, der wir nachgehen sollten. Wenn das wirklich so ist, dann wüssten wir auch, warum er so schnell den Final Ort unseres Caches erlauschen und erspähen konnte.“

„Der Mistkerl hat bestimmt ein Versteck in der Nähe, denke ich auch“, meinte Mac und nickte.

„Anton? Kannst du mal kommen? Für dich ist Post gekommen, Schatz“, rief ihn seine Oma zu sich.

Mac sprang auf und lief seiner Oma entgegen.

„Ist es ein großes Kuvert?“ fragte er sie.

Oma Schuster schüttelte den Kopf. „Lediglich ein normaler Brief.“

Mac bedankte sich, als sie ihm das gute Stück aushändigte und öffnete es sofort.

„Yes! Endlich!“ jubelte er.

Er zeigte ihn seinen Freunden. „Leute, unser TB ist endlich gekommen. Riegel, kannst du ihn gleich freischalten lassen?“

Der Angesprochene nickte und nach einigen Minuten war es geschehen.

„Sollen wir ihn als Travel-Bug rumreisen lassen, oder eigene Abenteuer nur mit ihm alleine unternehmen?“

„Mal sehen, Hannah, müssen wir noch überlegen.“

Plötzlich hatte Mac einen Geistesblitz!

„Ich hab doch noch eine Plakette auf der MAC steht. Daran könnten wir sie doch festmachen, oder?"

„Nö! Finde ich nicht gerecht! Der TB soll doch für alle sein. Wir machen etwas, wo unser Name drauf steht und eine Koseform, ok?" meinte Anna.

„Von mir aus", antwortete Mac und gab klein bei.

„Wie ist denn der Code?" fragte Jo ihren Bruder.

„Ich flüstere ihn dir ins Ohr: TLD302."

„Kann den jetzt jeder loggen, der ihn hört oder liest, oder so?"

„Jepp, Jo", meinte ihr Bruder und nickte.

„Hähä, gut das „Kilroy" das nicht gehört hat. Der wäre echt imstande, ihn einfach zu loggen, diese Kanalratte."

„Sollen wir ihn im „Fridolin" gut verstecken?" fragte Anna jetzt.

„Gute Idee, dann ist er immer mit uns unterwegs", antwortete Ambrosius lachend.

„Ich habe ne Idee, Leute", sagte Herr Martin plötzlich.

„Wenn ihr diesen „Kilroy" ärgern wollt, nennt den TB doch so und der richtige „Kilroy" wird sich vor Wut in den A... äh, ich meine natürlich den Allerwertesten beißen wollen, so von euch gefoppt zu werden. Clever, oder?"

Die Freunde grinsten. Ein pfiffiger Name, in der Tat!

Sehr laut sagten sie dann, in der Hoffnung, dass „Kilroy" sie belauschte: Wir taufen diesen TB auf den Namen: „KILROY WAS HERE", auf dass er für immer sozusagen unser Anhängsel bleibt und uns nichts mehr tun kann."

Danach lachten sie hämisch und schadenfroh und hielten den TB hoch und dabei Richtung Wald, wo sie „Kilroy" vermuteten, aber nur mit der Seite, auf der das Travel-Bug Symbol zu sehen war.

Das „Kilroy" sie belauscht hatte, erahnten sie schon und dass er auch alles mitbekommen hatte, vermuteten sie ebenfalls.

„Kilroy", alias Heinz Mayer, wie er mit bürgerlichem Namen heißt, glühte vor Wut!

Das würden sie bereuen, sich über ihn lustig zu machen! Er würde ihnen ihren TB klauen und vernichten! Seinen Namen in den Dreck zu ziehen... Eine Frechheit sondergleichen!

Der Einbruch... mit Folgen

Am späten Abend hatte Ambrosius das Wohnmobil „Fridolin"
in die Scheune von Opa Schuster gestellt.

Die Freunde hatten sich verabschiedet und Hauptkommissar
Martin hatte Ambrosius angeboten, ihn nach Hause zu
bringen, aber Ambrosius hatte dankend abgelehnt. Da er sein
Womo liebte, hatte er kurzfristig beschlossen, dort zu
nächtigen. Dort war auch noch eine Flasche Limonade im
Kühlschrank, die er bei dem heißen Wetter gerne trinken
wollte.

In der Scheune war es recht kühl, so dass auch „Fridolin"
innen drin abkühlte.

Ambrosius las noch etwas in einem Erich von Däniken Buch,
als er langsam aber sicher gegen 23 Uhr immer müder wurde.

Er gähnte immer stärker, legte das Buch zur Seite und putzte
sich die Zähne mit seiner geliebten Heilerde. Seit er das vor
vielen Jahren begonnen hatte, waren Zahnschmerzen kein
Problem mehr für ihn.

Zufrieden begab er sich danach in sein Bett und es dauerte
nur wenige Minuten, bis er tief und fest in Morpheus´ Arme
schlummerte.

„Kilroy" wartete bis Mitternacht! Nichts Verdächtiges war auf
dem Bauernhof zu hören oder zu sehen. Gut, dass kein Köter
da war, der Alarm schlagen könnte, dachte er noch, als er
zum Scheunentor schlich.

Er versuchte es zu öffnen, aber es war von innen verriegelt.

Er unterdrückte einen Fluch und schaute, ob er anderweitig in die Scheune kommen konnte. Er hatte Glück! Opa Schuster hatte ein Fenster nicht richtig verriegelt und es gelang „Kilroy" es vorsichtig aufzumachen. Dabei trug er keine Handschuhe, denn es war noch sehr warm draußen. Es machte ihm keine Mühe, in die Scheune zu gelangen. Dort schaltete er seine Geocaching Spezial Taschenlampe an, die sehr hell war und die Scheune zu einem großen Teil ausleuchtete.

Er ging zielstrebig auf die Seitentür des Womo zu und versuchte, sie zu öffnen. Es gelang! Sie war nicht verschlossen!

Jetzt musste er einen Jubelschrei unterdrücken!

Vorsichtig öffnete er sie und trat eine Stufe in das Innere hinein. Er bemühte sich, dass es nicht knarrte oder andere Geräusche gab und dann leuchtete er den Innenraum aus. Als er das Bett von Ambrosius mit der Lampe erwischte, sah er plötzlich dessen Gesicht, welches vom hellen Schein der LED Lampe geweckt wurde und mit einem Schrei fiel er rückwärts aus der Tür, als Ambrosius auch noch die Augen öffnete.

„Kilroy" hatte sich wehgetan, aber weder etwas verstaucht noch gebrochen und hastete so schnell er konnte zum Fenster, um dort nach draußen zu klettern.

Ambrosius war auch schon recht behände für sein Alter aus dem Bett gesprungen und stand in der Tür, als er einen Schatten durchs Fenster flüchten sah.

„Ob das wohl dieser hintervotzige Lausbub war?" sagte er zu sich selbst.

Er kratzte sich den Kopf, suchte die Taschenlampe, verriegelte das Fenster, durch das „Kilroy" geflüchtet war, verschloss das Womo von innen und gähnte noch dreimal so herzzerreißend, als ob er Wochenlang keinen Schlaf bekommen hätte. Dann war er sofort wieder eingeschlafen.

Am nächsten Morgen wurde er von Mac recht unsanft geweckt, als dieser gegen die Seitentür heftig klopfte.

„Hippie! Mach mal Pippi! Steh endlich auf!" begrüßte er den väterlichen Freund durchs Klopfzeichen und Rufen.

Ambrosius wachte so langsam auf, setzte sich auf die Bettkante und streckte sich danach mit einem Schrei, der Tarzan alle Ehre gemacht hätte.

Mac grinste! Sein Kumpel war wach!

Als Ambrosius geöffnet hatte, hielt ihm Mac eine Tüte mit warmen Brezeln vor die Nase.

„Na Hunger, alter Hippie? Oder erst´n Pfeifchen Dröhnung reinziehen", flachste er rum, sprang aber gleich zwei Schritte zurück, da Ambrosius es nicht leiden konnte, als „Hippie-Kiffer" bezeichnet zu werden.

„Schon gut, altes Haus, war nur´n Witz!"

Dann erzählte ihm Ambrosius von der nächtlichen Aktion. Mac trat nach draußen und wählte Kommissar Martins Festnetznummer. Hannah ging ans Telefon. „Ist dein Papa da, Hannah?" fragte er.

„Ja, ich hole ihn. Moment!"

Danach erzählte Mac in Kurzform, was passiert war und der „Oberbulle" versprach, vorbei zu kommen.

Vor Ort wollte er alles von Ambrosius haarklein wissen und dieser erzählte es, so gut er es wusste.

„Ach", sagte er dann noch. „Der Schweinepriester trug, glaub ich, keine Handschuhe."

„Wirklich? Dann können wir ihn doch kriegen, oder Papa?" fragte Anna.

„Unter Umständen, Schatz", meinte der Angesprochene.

Der Hauptkommissar ließ zwei Experten kommen, die die Fingerabdrücke am Wohnmobil und am Fenster nahmen. Da auch alle Fingerabdrücke am Wohnmobil am Abend vorher sorgfältig an allen Türen entfernt worden waren, konnten zwei gut identifiziert werden. Die einen gehörten Ambrosius und die anderen wahrscheinlich „Kilroy".

Am Nachmittag bekam der Hauptkommissar Bescheid. Die Fingerabdrücke waren nicht bekannt. „Kilroy" war noch nicht straffällig geworden.

„Wir müssen ihn anders fangen. Vielleicht sollten wir das Waldstück akribisch durchkämmen, wo unser Cache liegt."

„So´n großen Kamm haben wir doch gar nicht, Mac", meinte Riegel und grinste breit.

„Sehr witzig, Keule!"

„Weiß ich", sagte Riegel und grinste weiterhin. Danach öffnete er einen obligatorischen Müsli-Riegel.

Die Freunde machten sich dann auf, den Wald, wo ihr Cache lag, so intensiv wie möglich, zu durchforsten.

Plötzlich schrie Anna auf!

„Au! Ich hab mir den Fuß verdreht. Ich stecke in irgendwas drin!"

Alle eilten nach und nach zu der Stelle, von der aus Anna immer wieder rief.

Hauptkommissar Martin war nicht mitgekommen, denn er musste dringende Einkäufe tätigen. Sie hatten auch vor, am Abend als Überraschung zu grillen. Hannah bekam dann Tofu und Sojawürstchen präsentiert. Der Rest der Bande war Fleischesser, bis auf Riegel, der sich das Fleischessen nach und nach abgewöhnte, da er ab sofort sich gesünder ernähren wollte. Vermutlich war das wieder nur ein Tick von ihm, dachten die Freunde.

Mac zog Annas Bein vorsichtig aus dem Wurzelgeflecht, in das sie unglücklicherweise hineingetreten war.

Sie verzog ihr Gesicht! Nach einer Auftretprobe merkte sie, dass weder etwas gebrochen noch verstaucht war.

„Puh, Schwein gehabt!" Sie schnaufte mehrfach durch.

„Was mich aber interessiert, ist, warum hier so´n fettes Loch ist", sagte Schalie und holte seine Mega-Taschenlampe hervor.

Laut Mac konnte sie bis zum Mond leuchten. Dass das natürlich ein Witz war, wussten alle, aber trotzdem war die Funzel megahell. Obwohl es noch am Tag war, konnte Schalie mit der Lampe in die Grube, wie es sich herausstellte, gut hineinleuchten. „Alter Schwede! Da ist ein Eingang oder so was“, stammelte Schalie ganz euphorisch.

„Ein was?“ fragte Mac.

„Hast du was an den Ohren? Ich sagte „Eingang“, Alter!“

„Ich hab dich schon verstanden, kann es aber kaum glauben.“

„Dann richte mal deine Äuglein auf das Trum, was da ist und begreife: Das ist eine Leiter, die nach unten geht.“

„Cooles Versteck, muss man schon sagen“, meinte Jo anerkennend.

Mac, der gerade von Schalie vorgeführt worden war, schnappte sich plötzlich die Lampe des Freundes und schickte sich an, die dunklen Sprossen hinabzusteigen.

„Pass auf, Mac, da könnten Ratten unten sein“, meinte Riegel grinsend.

„Ah wa“, sagte er und kletterte hinab.

Die Freunde sahen, wie er mit der Lampe herumfuhrwerkte und plötzlich: „ Nee, ne?“ sagte.

„Was hast du denn gefunden, Mac?“ fragte Hannah als Erste der Freunde.

„Ihr werdet es kaum glauben, aber hier unten ist ne Alukiste und die hab ich aufgemacht. Sie war übrigens nicht verschlossen. Da drin ist ein edelster Laptop, eine große Taschenlampe, ein Beutel, auf dem „Survival“ steht und so´n bisschen Kleinkruscht.“

Riegel war nicht zu halten! Spontan sprang er auf und kletterte ebenfalls in die Tiefe.

„Ob das „Kilroy" gehört?" fragte er Mac.

„Könnte gut sein. Ich hab Handschuhe an. Ich fahr mal den Läppie hoch."

„Hauptsache du lässt hier in der engen Höhle keinen fahren", meinte Riegel grinsend und griff in die Hosentasche, um sich einen Müsli-Riegel zu genehmigen.

„Willste auch einen? Ich habe gerade meine Spendierhosen an."

„Lass mal stecken, Alter. Ich lüfte jetzt das Geheimnis."

Er öffnete den Laptop, schaltete ihn ein und wollte ihn hochfahren, aber dann kam die Frage nach dem Passwort und als Hintergrundbild war „Kilroy was here" zu sehen.

„Kilroy" der Halunke, also doch!" Mac hätte vor Wut beinahe den Laptop fallen lassen, konnte sich aber gerade noch beruhigen.

„Sollen wir den Läppie hacken oder nicht?" fragte Riegel.

„Naja, probieren können wir es ja. Was würdest du als Passwort nehmen?"

„Ich? Hmm... Ich würde GCKA mal probieren."

„Unsere Kurzform? Echt? Ok!"

Mac probierte es, aber das Passwort war falsch.

„Und wenn wir das Wort „Geocaching" nehmen?"

Aber auch dieses passte nicht. Sie probierten einige Minuten lang diverse Passwörter aus, aber es war immer falsch.

„Ach, ich Depp! Ich hab doch einen Decoder mal auf dem Flohmarkt gekauft von so einem Computerheini. Er meinte, dass man damit seinen Laptop öffnen kann, wenn man sein Passwort vergessen hätte.

„Ja, nee is schon klar. Passwort vergessen... So blöd ist doch niemand...“

„Na ja, als ich ein paar Jahre jünger war, ist mir das mal passiert...“ Riegel sagte das mit einem leichten Schämfaktor und wurde dabei rot.

„Hast du das Teil denn dabei?“ fragte Mac.

„Ehrensache! Ein guter Cacher ist auf alles vorbereitet. Sogar Tempos zum... du weißt schon, hab ich dabei.“

„Musst du etwa jetzt?“ flachste Mac herum.

„Nein, ich war heute Morgen schon einen abseilen. Jetzt ist aber Schluss mit dem Thema!“

Riegel schaffte es in der Tat, in den Läppie hineinzukommen. Das Passwort war: „GCAZ“.

„Was das wohl heißt?“ fragte Mac.

Anna, die auch gerade die Stufen hinuntergekommen war meinte nur trocken: „Na, bei dem Ego, heißt das bestimmt: Größter Cacher aller Zeiten!“

Mac und Riegel mussten automatisch anfangen zu lachen!

Sie schauten auf das Display des Laptops. Dort war wieder sein Logo zu sehen und ein Ordner war dort angelegt mit dem Namen: „GCKA".

Mac klickte darauf und der Ordner öffnete sich. Was sie dort vorfanden, war echt die Höhe!

Akribisch hatte „Kilroy" dort alles zusammen getragen, was er über die Freunde erfahren hatte, inklusive ausführlichem Bild und Tonmaterial.

Riegel zog grinsend einen 64 GB USB-Stick aus der Tasche und sagte: „Hier, kannste für die Polizei alles kopieren."

„Das darf man doch nicht", sagte Anna.

„Und wenn der Säckel alles löscht, was dann?" echauvierte sich Riegel.

Dann steckte er selber seinen Stick in den USB-Anschluss und zog die Datei auf den Stick herüber. Da es USB 3.0 war, ging alles sehr schnell. Sie fuhren den Laptop wieder herunter und legten ihn in die Kiste zurück.

Heute Abend würden sie versuchen, „Kilroy" zu fangen...

„Kilroy" wird gefangen

Am Abend hatten sich die Freunde bei Opa Schuster
versammelt. Auch Ambrosius wollte unbedingt dabei sein.
Dieses Mal hatte er „Fridolin" wieder in der Scheune geparkt,
aber alles wurde akribisch abgeschlossen und Opa Schuster
meinte, dass er das volle Licht brennen lassen würde, um
„Kilroy" damit abzuschrecken.

Hauptkommissar Martin hatte drei seiner jüngeren Kollegen
in Wartestellung in der Nähe von „Kilroy´s" Versteck
positioniert. Er wollte aber den Freunden nicht den Spaß
verderben, „Kilroy" persönlich zu fangen.

Es war schon nach 22 Uhr, als „Kilroy" sich in Richtung seines
Versteckes bewegte. Die Freunde ließen ihn die Leiter
herunterklettern und dort sollte er eine Überraschung der
erschreckenden Art erleben. Schalie hatte sich nämlich eine
gruselige Halloween-Maske besorgt und wollte sie mit seiner
Taschenlampe von unten her anleuchten, sodass „Kilroy" der
Schrecken in alle Glieder ziehen sollte.

„Kilroy", nichts ahnend, ging mit seiner Miniatur-
Taschenlampe, die nur spärlich Licht fabrizierte, Richtung
Kiste, in der sein Laptop war. Schalie, der innerlich kaum noch
warten konnte, nahm die Taschenlampe, leuchte seine Maske
indirekt von unten an und begann schauerlich zu jaulen.

„Kilroy" ließ vor Schreck seine Taschenlampe fallen und
sackte zusammen. Der Schreck war ihm in Mark und Bein
gegangen. Sofort sprang Schalie auf ihn und verpasste
„Kilroy" einen mächtigen Kinnhaken, wie er es von Terence

Hill aus seinen Filmen mit Bud Spencer gewohnt war. „Siehste Keule, jetzt haste nix mehr zu lachen", meinte Schalie und verpasste dem immer noch verdutzen „Kilroy" einen zweiten Kinnhaken.

Dieser jaulte vor Schmerzen auf und Schalie wollte ihn ein drittes Mal schlagen, als Hauptkommissar Martin von hinten mit einer starken Taschenlampe leuchtend, rief: „Lass mal gut sein. Er hat seine Abreibung bekommen. Jetzt sind wir dran."

Zwei junge Polizisten waren mittlerweile auch in die Höhle gekommen und nahmen „Kilroy" in Gewahrsam.

Dieser ließ sich ohne Probleme abführen und war wahrscheinlich sichtlich froh, von Schalie nicht weiter verprügelt zu werden.

„Habe ich jetzt übertrieben?" fragte er den Hauptkommissar.

„Womit denn, Schalie?" fragte dieser zurück.

„Naja, mit den Schlägen."

„Du hast ihn doch nur überwältigt. Mehr habe ich nicht gesehen. Hast du ihm mehr als einmal eine verpasst?"

„Naja, es waren zwei Schläge...sicherheitshalber, damit er uns nicht wieder entwischt und weiter krumme Touren macht."

Überraschende Wendung

Am nächsten Morgen riefen die Zwillinge bei Riegel an und
verkündeten stolz: „Er hat ausgepackt!"

„Wer? „Kilroy"?" fragte Riegel.

„Wer denn sonst. Meinst du der Weihnachtsmann?"

„Sehr witzig, Hannah", sagte Riegel empört.

„Aber ich bin doch Anna", ulkte Hannah herum.

Da mussten beide Mädchen lachen!

Die Freunde trafen sich um 11 Uhr bei der Polizei in
Mindelheim.

Hauptkommissar Martin erwartete sie bereits.

„Ich denke, wir können mildernde Umstände walten lassen,
wenn ihr die Geschichte von Heinz Mayer, wie euer „Kilroy"
richtig heißt, kennt. Sein Vater und sein Onkel waren die
Personen gewesen, die Hannah und Anna damals im Wald...
ihr wisst schon."

„Und warum mildernde Umstände? Wir haben uns schließlich
nur verteidigt", meinte Mac erbost.

„Lasst mich mal zu Ende erzählen, Leute", meinte der
Hauptkommissar.

„Also: Die beiden Strolche haben dem armen Heinz eine
hanebüchene Geschichte im Knast erzählt und er hat sich
dann so reingesteigert, dass er dachte, ihr seid so böse."

„Is klar, huuuuh, wir sind ja soooo böse Cacher“, imitierte
Mac die Stimme von „Kilroy“.

Alle mussten lachen.

„Also: Wenn ihr keine Anzeige erstattet und Ambrosius auch
nicht, könnte Heinz mit einem blauen Auge symbolisch davon
kommen, wie Schalie ihn ja schon eins verpasst hat.“

Wieder begannen die Freunde über diese Wortspielerei zu
schmunzeln.

„Übrigens: Heinz hat eine gigantische große Sammlung legal
geerbt: Etwa 10.000 Vinyl LP´s, 20.000 Vinyl Singles, 3000
Videocassetten, 1000 DVD´s und etwa 10.000 CD´s.

„Ihm sei vergeben und er wird bei uns Mitglied“, sagte
Ambrosius sofort und bekam einen seltsamen Glanz in seinen
Augen.

„Wenn du jetzt noch hörst, was er für Musikrichtungen dabei
hat, Ambrosius, dann...“

„Ich höre?“ unterbrach ihn der Angesprochene.

„50er bis 70er Jahre und die LP´s und Singles will er euch als
Wiedergutmachung schenken, inklusive eines wertvollen
Plattenspielers...“

Ambrosius begann vor Glück zu weinen! Das war wie
Weihnachten, Ostern, Geburtstag und Abitur an einem Tag!

Die Freunde einigten sich, „Kilroy“ zu vergeben und da sie alle
diese gigantische Schallplattensammlung von „Kilroy“ erben
sollten, waren sie auf ihn auch nicht mehr sauer...

Eine Stunde später trafen sie sich mit Heinz Mayer. Er ging vorsichtig, in Begleitung von Hauptkommissar Martin auf sie zu. Ambrosius konnte nicht an sich halten, sprang auf den jungen Mann zu und umarmte ihn enthusiastisch.

„Danke für die größte Freude, die du einem alten Hippie machen konntest. Ich vergebe dir deine Lausbubenstreiche."

„Kilroy" wusste nicht so recht, was er da gerade gehört hatte, aber es gefiel ihm.

Am nächsten Tag konnten die Freunde im Wohnmobil „Fridolin" alle Schallplatten zunächst einmal zu Opa Schuster bringen. Der hatte noch einen leerstehenden, etwa 35 qm großen Raum, den die Freunde als Disco ausbauen konnten.

DJ war natürlich Ambrosius, der zu dem einen oder anderen Song natürlich eine Geschichte auf Lager hatte.

Einige Tage später stand „Kilroy" plötzlich vor der Tür von Opa Schuster und wollte Ambrosius sprechen, da ja Wohnmobil „Fridolin" brettlesbreit im Hof stand.

Neugierig kamen hinter Ambrosius auch die anderen Freunde hinterdrein, um zu erfahren, was denn ihr einstiger Erzrivale jetzt wollte.

„Wäre es möglich, mit euch zusammen cachen zu gehen? Ich finde eure Art total gut und wenn ihr nichts dagegen habt..."

Dann holte er aus der Plastiktüte, die er dabei hatte, eine signierte LP von den Rolling Stones heraus und Ambrosius bekam Stielaugen vor Freude!

„Is genehmigt, Keule", sagte er stellvertretend und nahm das gute Stück in seine Hände.

Am liebsten hätte er die Platte abgeknutscht vor Freude!

„Du darfst ausnahmsweise mit hineinkommen, Heinz",
meinte Schalie und lächelte.

„Damit du siehst, was unser Hippie und wir aus dem
gesponserten Dingen gemacht haben: Deinen Schallplatten
und Opas freies Zimmer."

„Höre ich gerade Hippie?" klang eine Stimme hinter „Kilroy"
durch die Luft.

„Wer hat mich gerufen?"

Hippie-Sepp, ihr neuer Cacherfreund vom Flohmarkt, kam auf
die Eingangstür zu.

„Alter Falter, wie geil ist das denn?" sagte er voller
Entzückung, als er die signierte Platte der Rolling Stones sah.

„Willste ma Pippi in den Augen haben, Keule?" fragte ihn
Ambrosius, „dann folge unauffällig."

Als Hippie-Sepp die Unmengen von Schallplatten sah, sagte er
zu der hübschen Anna: „Kneif mich mal, ich glaub ich
träume."

Mac schlug ihm kumpelhaft auf den Rücken und meinte nur:
„Wiedergutmachung von Heinz."

„Bitte nennt mich doch weiterhin „Kilroy", ich mag den
Namen Heinz nicht. Ihr habt ja auch alle Nicknames, oder?"

Sie lachten und in den nächsten zwei Stunden formierten sie
sich zu einer Truppe, die so manches Caching-Abenteuer
bestehen wollte...

Happy End der ungewöhnlichen Art

Am nächsten Tag war wieder einmal Kaiserwetter angesagt!
Kein Wölkchen ließ sich blicken!

Hannah und Anna hatten die Idee, etwas zusammen mit
Hippie-Sepp und „Kilroy" zu machen, sozusagen als Einstand.

Dieses teilten sie ihrem Vater mit.

Er überlegte sich etwas und seine Frau hatte die passende
Idee!

Es sollte gegrillt werden in einer XXL-Variante!

Die Freunde waren begeistert, als sie davon hörten! „Kilroy"
und Hippie-Sepp wurden deshalb auch für den späten
Nachmittag dazu eingeladen.

Da der Hauptkommissar natürlich wusste, dass seine Tochter
Hannah Veganerin ist, gab es auch Tofu-, Soja- und andere
vegane Produkte.

Der Grill wurde angeschmissen und der Duft von gebratenem
Fleisch und Würstchen verbreitete sich in der Luft.

Hannah hielt sich die Nase zu und zeigte dem grinsenden Mac
einen Vogel.

Der kleinere Grill, auf dem vegane Leckereien für Hannah
lagen, stand etwas abseits. Dort passte ihre Mutter auf, dass
nichts anbrannte.

„Hannah, der geräucherte Tofu ist fertig. Frag mal, wer auch
welchen möchte."

Hannah nickte und fragte, wer denn auch Tofu essen möchte.

Alle Anwesenden verdrehten den Kopf und drehten sich ab.

„Also, Hannah, ganz ehrlich ich hab einmal Tofu gegessen und dann Blähungen ohne Ende bekommen", meinte Riegel, „da esse ich lieber Müsli-Riegel." Dann grinste er sie an.

„Tonnenweise furzen", sagte Mac und lachte los.

„Wie bitte?!?" fragte Hannah.

Mac hielt sich noch immer den Bauch vor Lachen.

„Ich hatte gerade eine Eingebung! Tofu ist die Abkürzung für „tonnenweise furzen"!"

Während er lachte, schlug er sich immer wieder auf die Schenkel und kriegte sich nicht mehr ein!

Alle anderen stimmten auch in das Gelächter ein!

Der Grillabend ging bis spät in die Nacht hinein und die Reste mussten dann am nächsten Tag kalt gegessen werden.

E N D E

Nachwort:

Lieber Leser/Liebe Leserin:

Dieses Buch enthält den TB mit dem Namen „Kilroy was here".

Er ist absolut echt und kann auch bei geocaching.com geloggt werden...

Viel Freude dabei!

Die nächsten Abenteuer der Geocaching-Kids Allgäu feat. Hippie-Sepp und „Kilroy" sind in der Mache...

Euer Philipp Grönenbacher